HEINZ ALBERT
BRÜHL

2064

novum ▲ pro

Dieses Buch ist auch als
e-book
erhältlich.

www.novumverlag.com

Bibliografische Information
der Deutschen Nationalbibliothek:

Die Deutsche Nationalbibliothek
verzeichnet diese Publikation in
der Deutschen Nationalbibliografie.
Detaillierte bibliografische Daten
sind im Internet über
http://www.d-nb.de abrufbar.

Gedruckt in der Europäischen Union
auf umweltfreundlichem, chlor- und
säurefrei gebleichtem Papier.

© 2024 novum Verlag

ISBN 978-3-99146-342-9
Lektorat: RO
Umschlagfoto:
Sdecoret I Dreamstime.com
Umschlaggestaltung, Layout & Satz:
novum Verlag

www.novumverlag.com

Climate neutral
Print product
ClimatePartner.com/16547-2201-1002

Vorwort

Liebe Leserin, lieber Leser,
während ich an dieser Sache schrieb, fiel mir ein Artikel in einer wissenschaftlichen Zeitschrift ins Auge, in dem das Thema Mensch und Künstliche Intelligenz dargestellt wurde. Wie heutzutage üblich, wurden diese „Erfolge" als wissenschaftliche Glanzleistungen dargestellt, als Weiterentwicklung der Hilfsmittel für Menschen.

Ist alles so positiv, wie es in solchen Publikationen dargestellt wird?

Die Neuen Medien sind für uns Menschen in verschiedenen Bereichen bestimmt eine große Hilfe, aber sie bergen auch große Gefahren.

Ich glaube, wie immer liegt es an den Menschen, wofür manche Neuerungen verwendet werden, und zurzeit frage ich mich manchmal, ob nicht Menschen in geheimen Organisationen, offiziellen oder privaten, hauptsächlich die Richtung der Entwicklungen bestimmen, zum großen Teil, um damit den Rest der Menschheit besser beherrschen zu können, sei es durch Macht oder durch Geld.

Nicht nur Firmen, auch Regierungen, egal ob demokratisch gewählte oder diktatorische, haben ein starkes Interesse daran, vorausschauend zu agieren und möglichst alles über ihre Mitglieder, ihre Bürger in Erfahrung zu bringen. Und für Ausspähungen sind ja die Neuen Medien besonders geeignet. Außerdem können in diesen Neuen Medien außerordentlich schnell Nachrichten verbreitet werden, wahre und unwahre, und es wird immer schwerer, wahre, neutral gehaltene Nachrichten von den unwahren, politisch gefärbten Nachrichten zu unterscheiden.

Aber auch die „Sammelwut" von staatlichen und privaten Organisationen ist nicht zu unterschätzen und hat ein Ausmaß erreicht, das vor fünfzig Jahren, dem Beginn des Computerzeitalters, für niemanden vorstellbar war! Aber die Menschen machen das Sammeln von Daten ja auch leicht, denn ein großer Teil der Bevölkerung geht mit seinen persönlichen Daten sehr lässig um, nein, nicht nur lässig, sie geben selbst, und zwar freiwillig, ihre geheimsten Daten, Wünsche, Einstellungen einem Medium preis, ohne zu wissen, was das Medium mit den Daten macht, an wen es die Daten schickt, wer die Daten benutzt, was mit den Daten geschieht. Sie wissen nicht, welche Daten die Geräte, die sie benutzen, welcher Organisation zur Verfügung stellen!

Ich bin überzeugt davon, dass in kurzer Zeit die ersten Emissiacs, also Emissioacceptoren, und Vocis, also Vocenatoren, installiert werden oder vielleicht sogar schon wurden, Geräte, die in der Lage sind, Räume und die Menschen darin zu überwachen, zu erkennen, welche Tätigkeit sie ausüben und besonders, in welcher Stimmung diese Menschen sind, möglicherweise dann sogar, was sie denken. Übrigens müssen dies nicht zwangsläufig neue Geräte sein, es reicht ja schon aus, wenn die Handys, Smartwatches, Tablets mit ihren integrierten Kameras den Nutzer, gegebenenfalls auch ungewollt, aufnehmen, dessen optische und akustische Regungen genauer analysieren und dies dann weitersenden, an wen auch immer! Wissen wir Normalverbraucher denn, wozu diese Geräte imstande sind und wozu die Personen und

Programme, die diese Informationen empfangen und verarbeiten, fähig sind?

Solche persönlichen Informationen, solche privaten Einstellungen, die helfen bestimmten Personen bzw. Firmen bei der Erstellung eines tiefgreifenden Personenregisters, erlauben möglicherweise die Herstellung eines digitalen Doppelgängers, der wie der Originalmensch aussieht, sich wie der Originalmensch bewegt und spricht. Nur gibt dieser Doppelgänger möglicherweise nicht das von sich, was der Mensch tatsächlich sagen würde, sondern das, was der Firma, dem Unternehmen, der Regierung, wem auch immer, nützt.

Die Entwicklung solcher neuen digitalen Menschen ist angestoßen und vielleicht hätte ich diesen Roman nicht „**2064**" nennen sollen, sondern „**2024**"!!!

2064

Das metallische „Pling" kündigte einen Besuch an, schon ertönte eine Stimme von draußen: „Herr Rotiner, hier ist das Team des Vertrauenskörpers in diesem Wohnblock. Können wir hereinkommen?"

„Natürlich könnt ihr das und das wisst ihr auch", dachte er bei sich, aber schnell versuchte er, sich an seinen 15. Geburtstag zu erinnern. Das war bei ihm eine erprobte Maßnahme, um seiner Stimme ein diffuses Glücksgefühl mitzugeben, denn dieses Team hatte bestimmt einen Voci, einen Vocenator, dabei, ein Gerät, das in der Lage war, aus der Stimmlage und dem Timbre zu erkennen, in welcher Stimmung man war.

„Nur herein, herein!", rief er, „warten Sie, ich mache gleich auf!" Leider schlich sich bei dieser Antwort gleich wieder ein Gedanke in seinen Kopf: „Bleibt draußen, bis ihr schwarz seid!" Und darauf auch noch: „So ein Mist, dass man seine Gedanken nicht besser unter Kontrolle hat!"

Sofort zwang er sich, sich an diesen seinen 15. Geburtstag noch intensiver zu erinnern. Oh ja, da hatte er die Erlaubnis erhalten, zum ersten Mal ... oh ja!

Schnell räumte er seine Bastelsachen beiseite, an denen er gearbeitet hatte. Das war alles Elektronikschrott, alte Teile, die er sich auf Bastelmärkten oder bei Schrotthändlern zusammengesucht hatte. Dieses Sammeln und Basteln war sein Hobby. Er wusste, dass es heute effektivere Geräte zu kaufen gab, die viel kleiner waren als das, was er hier auf seinem Küchentisch produzierte, aber er liebte diese alten Transistoren und Dioden. Ihm war fast, als könnte er den Strom sehen, der durch sie hindurchfloss und dort seine Wirkung ausübte. Die heutigen Mikro-, nein, Nanochips mit ihren eingeprägten Programmen, die kaum einer außerhalb der Herstellerfirma kannte, nein, die waren nicht sein Ding.

Und ja, er hatte die Erlaubnis, solche Teile ganz offiziell zu kaufen. Seine Erlaubnis war nicht nur über das Programm verfügbar, er hatte sogar eine schriftliche Erlaubnis erhalten, ganz unüblich in diesen Zeiten.

Er hatte diese Erlaubnis aber nur gegen die Zusicherung erhalten, sich sofort zu melden, wenn er beim Kauf feststellen würde, dass irgendetwas nicht nach Vorschrift ablief. Es war schon seltsam, dass nicht nur per Programm immer wieder darauf hingewiesen wurde, dass alles und jedes, jeder Kauf und Verkauf per Programm erfasst werden musste, es gab sogar eine Abteilung, die sich mit Schwarzmarktgeschäften befasste und ihre eigenen Robots dafür hatte. Seltsam deswegen, weil der Schwarzmarkt, der ja streng verboten war, dennoch blühte.

Seine Schritte hatten ihn zu seiner Wohnungstür geführt, jetzt schaute er auf den Türmonitor. Oha, das waren ja tatsächlich die Leute vom Vertrauenskörper! Was die bloß wieder von ihm wollten? Er hielt die Hand vor den Öffnungsaktivator. Mit einem Zischen schwang die Tür sanft und leicht auf, wurde bei der Hälfte durch sein Sicherheitssteinchen gebremst, ein kleines Stückchen, das er irgendwann bei einem seiner nicht so gern gesehenen Alleinspaziergänge gefunden hatte, das er so hinter seiner Tür deponiert hatte, dass diese nicht sofort komplett aufging.

„Halt, nein, 15. Geburtstag", so schalt er sich innerlich, er war inzwischen so fit geworden, dass er innerhalb von Sekundenbruchteilen den zwei Gestalten vor seiner Tür ein lächelndes Gesicht zuwenden konnte.

Die Handbewegung des einen deutete er so, dass dieser soeben sein Voci weggesteckt hatte. Ein zweiter Gedanke schlich sich in seinen Kopf: „Glück gehabt! Wenn die etwas länger drauf geschaut hätten ..."

Aber seine ersten Gedanken waren bei den zwei Vertretern des Vertrauenskörpers.

„Was verschafft mir die Ehre? Oh, Ist es wieder mal soweit? Ist der Monat schon wieder herum? Bitte sehr, wenn Sie Ihren Besuch etwas früher angekündigt hätten, dann hätte ich Ihnen was anbieten können, aber so ... nun ja, leider ..."

„Nein, wir möchten nichts. Wir sind nur gekommen, um mit Ihnen zu sprechen. Eine reine Routinemaßnahme. Sie wissen ja, diese monatlichen Besuche sind vorgeschrieben, um auch jedem das Gefühl zu geben, dass er ein wichtiges Mitglied unserer Gesellschaft ist. Dürfen wir reinkommen?"

„Ja, selbstverständlich, kommen Sie, kommen Sie!"

Er bat sie in seine Küche, entschuldigte sich für die Unordnung, aber sie müssten halt hier in der Küche ... denn sein Schlafzimmerchen, naja, eher eine Schlafnische, die wäre zu klein für Besuche, aber das wüssten sie ja.

Ja, das wüssten sie, sagten die beiden fast gleichzeitig und schauten sich erstaunt den kleinen Haufen alter elektronischer Teile an, der auf dem Küchentisch aufgetürmt war.

Und dann, mit einem, wie es schien, warnenden Blick auf seinen Partner fuhr der Erste, ein noch ziemlich junger sportlicher Typ, die schweren Geschütze auf.

„Herr Rotiner, dieser Besuch hat leider auch einen unerfreulichen Hintergrund. Unsere Daten haben ergeben, dass Sie sich überaus unterdurchschnittlich", er betonte jede Silbe dieses Wortes: „un-ter-durch-schnitt-lich oft an unserem Programm ‚All-of-us' beteiligen. Außerdem, selbst wenn Sie sich zuschalten, dann geben Sie im Vergleich zu anderen nur wenige persönliche Informationen preis. Und Sie halten, bis auf die morgendliche Verbeugung zum Emissiac zu Ehren des Programms, also praktisch ein automatischer Kontakt hier in Ihrer Wohnung, keinen oder nur sehr selten weiteren Kontakt mit dem Programm. Auch ist Ihre Konnektivität sehr mangelhaft, eigentlich vollkommen unzureichend. Sie tragen kein mobiles Gerät mit sich, sind also nicht – wie jedermann heute – permanent erreichbar. Obwohl Sie wissen, dass fast jede andere Person Direktkontakt hat und Sie also auch in anderen mobilen Aufnahmegeräten auftauchen, so haben wir den Eindruck, Sie halten sich sehr zurück, man könnte fast daraus schließen, dass Sie dies bewusst tun. Das ist nicht fair gegenüber der Gesellschaft, die nur darauf bedacht ist, das Beste für Sie zu tun. Und um das Beste für jede Einzelperson tun zu können, muss die Gesellschaft diese Person kennen, am besten so genau wie möglich. Wie stehen Sie denn überhaupt zu unserer Gesellschaft? Sind Sie ein aktives Mitglied oder nur ein Mitläufer oder sogar ein Gegner?"

Mit diesen Worten holte er seinen Voci hervor und legte ihn offen auf den Küchentisch, schaltete ihn ein.

Hatten sie ihn erwischt? Wollten sie ihn erwischen? Gedanken rasten durch seinen Kopf.

„Halt, denk an deinen 15., nein, besser noch an deinen 17. Geburtstag!", schaltete sich seine Ratio ein. Ja, sein 17. Geburtstag eignete sich noch etwas besser für so eine Situation. Da war er verliebt, aber noch so unsicher, welche Gefühle das Gegenüber für ihn aufbrachte.

„Ja", stotterte er und hoffte, dass seine erste erschrockene Reaktion von dem Gerät nicht erfasst worden war, dass sich das Gerät erst kalibrieren musste, und somit seine Antipathie nicht aufgefallen war. Dass hoffentlich das Glücksgefühl an seinem 17. Geburtstag von dem Gerät empfangen worden war. Seine Hand hob sich, er musste sich am Kopf kratzen, vielleicht half ihm diese Geste bei der Suche nach Gedanken, bei der Suche nach einer passenden Antwort.

„Ja, eigentlich, so denke ich, bin ich so etwas wie ein aktiver Mitläufer. Ich unterstütze diese heutige Gesellschaft, selbstverständlich, sie baut ja auf dem persönlichen Verhalten des Einzelnen, also auch auf mir, auf. Ohne diese Gesellschaft mit ihren Ausprägungen wäre eine so große Vielfalt ja gar nicht möglich und eine so große Menschenmenge auch gar nicht zu steuern."

Er ließ seine Hand wieder sinken, schwenkte sie zu einer weltumfassenden Bewegung zur Seite.

„9, ja fast 10 Milliarden Menschen auf der Erde, die kann man nur dadurch zufrieden stellen, indem man sich bemüht, jede Regung und jeden Bedarf jedes Einzelnen möglichst genau zu erfassen. Klar, dass hierzu eine umfassende Informationssammlung notwendig ist; Informationen, bei denen nicht nur das allgemeine Verhalten zählt und erfasst wird, auch die persönlichen Äußerungen zählen dazu. Und nun, ja, leider, in meinem Alter, da wird man langsamer mit den Gedanken. Die kommen zwar immer noch, aber das Formulieren dauert leider immer länger und wenn ich dann im Programm etwas sagen will, mich zu irgendeinem Thema äußern will, dann ist mir meistens schon ein anderer zuvorgekommen, und dann ist das, was ich sagen wollte, schon wieder weg. Tut mir leid! Doch ansonsten, das haben Sie ja auch gesagt, ich mache die tägliche am Morgen vorgeschriebene Verbeugung mit, habe sie in den letzten Monaten nie versäumt!"

Die morgendliche Verbeugung vor dem Emissiac mit seinem Programm war der wichtigste Teil des Rituals, mit dem offiziell der Tag angefangen werden sollte. Vor Einführung des Programms war es ringsum auf der Erde zu Versorgungsengpässen und deshalb zu Streitereien, sogar zu Kriegen und bewaffneten Konflikten gekommen, zum Beispiel wegen des mangelnden Angebots an Nahrungsmitteln, aber besonders häufig wegen Trinkwasserreserven. Bei entsprechender Bevölkerungsdichte waren dies Probleme, die durchaus die Lebensgrundlagen betrafen. Diese Streitereien fanden manchmal sogar innerhalb einer Familie statt, aber meist handelte es sich um gewaltbereite Gruppen innerhalb eines Stadtviertels, die die Macht über die Lebensmittelverteilung für sich in Anspruch nahmen. Zusätzlich fand in der Wirtschaft global ein Wettrennen statt. Wer war der mächtigste Konzern?

Gleichzeitig war auch die Frage der Mobilität zu klären gewesen. Jahrzehntelang hatten die Politiker auf der ganzen Welt diese Fragen verdrängt, hatten die Auto- und Flugzeugindustrie gepflegt und gehätschelt, hatten sich vor notwendigen Entscheidungen gedrückt. Aber die Wetterbedingungen und die ansteigenden globalen Temperaturen hatten eine schnelle und tiefgreifende Entscheidung notwendig gemacht. Und wer konnte diese Frage beantworten, die Entscheidungen mit all ihren Konsequenzen treffen? Nur emotionslose kühle Rechner waren dazu in der Lage gewesen, Maschinenwesen, Roboter, denen die Menschen unabhängige Entscheidungen eher zutrauten als den in ihren Verflechtungen gefangenen und befangenen Politikern.

Die Frage nach der mächtigsten Firma war nach nur wenigen Jahren entschieden worden durch die Einführung des Programms „All-of-us", das seine Konkurrenten mit Leichtigkeit übertrumpfte, diese aufkaufte oder erlöschen ließ. Meist integrierte es die betreffenden Firmen in sein Imperium, bis es praktisch keine freien Firmen mehr gab, nur noch „Das Programm"!

Klar, es dauerte noch eine ganze Weile, bis die „perfekte" Versorgungswirtschaft eingerichtet war, bis der größte Teil der Weltbevölkerung sich an dieses Programm gewöhnt hatte. Aber danach, auch durch Unterstützung der Roboter, dieser metallenen Ausführungshilfen, die aus den recycelten Überresten der umweltschädlichen Autos preiswert hergestellt werden konnten, gingen die Streitereien und Kriege radikal zurück, weil diese Streitereien ja nicht mehr notwendig waren. Jeder hatte jetzt genug zu essen und zu trinken, fand mit Hilfe des Programms seine befriedigende und nützliche Betätigung, wurde nach einer gewissen Zeit der Erziehung und eventueller Maßregelung durch die Vertrauensleute und gegebenenfalls durch Robots zu einem Teil dieser Bevölkerungsgemeinschaft, zu einem Teil des Programms.

Über das Programm konnte man alles regeln – beziehungsweise das Programm regelte alles – von der Essensversorgung bis zum Krankenhausbesuch, von der Bildung bis zur persönlichen Belustigung und Betreuung. Aber diese allumfassende Bewirtschaftung hatte auch seinen Preis. Man musste mit dem Programm konform gehen.

Lebensmittel illegal zu beschaffen und diese auf dem Schwarzmarkt zu verhökern war eines der größten Verbrechen, ein Verbrechen gegen die Versorgung aller Menschen, ein Verbrechen gegen die Menschlichkeit und wurde daher streng geahndet. Auch Angriffe auf die Vertreter des Programms, das waren die Emissioacceptoren, kurz die Emissiacs, aber auch die Roboter und Mechanos wie auch die Personen des Vertrauenskörpers, waren schwerwiegende Verfehlungen, die meist mit Einweisung in ein Erziehungshaus und weiteren Folgen bestraft wurden.

Ein Teil der Erziehung wurde durch die Vertrauensleute geleistet. Es hatte sich eingebürgert, dass diese jede Person in ihrem Bezirk einmal im Monat besuchten und deren Meinung abfragten, die entsprechende Person über Mängel in ihrem Verhalten aufmerksam machten und so ganz allgemein auf eine gewisse Art Gesinnungsforschung betrieben. Hierbei kamen auch elektronische Geräte, die Vocenatoren, kurz Vocis, zum Einsatz, die positive und negative Einstellungen und Gefühle, Zu- und Abneigungen registrieren konnten.

Zur Bestätigung und quasi als Dankbarkeitsbezeugung wurde dann das Ritual der morgendlichen Verbeugung eingeführt.

Erst die Verbeugung, dann die Essensbestellung! Die Verbeugung wurde so ausgeführt: Man deutete auf den Emissiac, bis das Programm in goldenen Lettern erschien. Danach deutete man auf diese Schrift und beugte den Kopf nach vorn, anschließend winkelte man seinen Oberkörper in der Taille ab bis zur Waagerechten. Die Dauer der Verbeugung war unerheblich, körperliche Gebrechen waren registriert, momentane Schwächen konnten dem Programm mitgeteilt werden und wurden meist akzeptiert. Allerdings konnte es passieren, dass man danach einen Besuch der Vertrauensleute mit einem Mediroboter bekam.

Nach dieser Prozedur erschien im Emissiac ein Auswahlfeld, in dem man vielfältige Wahlmöglichkeiten für weitere Tätigkeiten hatte.

Meist wurde das Feld „Versorgung" angewählt, man konnte dort Essensbestellungen tätigen, aber auch weitere Bedarfsanmeldungen waren mnöglich. Ärztliche Versorgung oder Medikamente konnten bestellt werden, die Arbeitsstelle konnte angewählt werden, eine offizielle Nachrichtenseite, Weiterbildung, Unterhaltung, Kultur, alles Mögliche konnte man sich aussuchen und lief auf dem Niveau, das man bei der letzten Sendung erreicht hatte. Das Programm speicherte alles, vom Wunsch nach einem Medikament bis zum Wunsch nach Unterhaltung, es registrierte alles, persönliche Vorlieben und Abneigungen, Stärken und Schwächen jedes Einzelnen. Aufgrund dieser Registrierung, dieser Steuerung war es folgerichtig zu einem weltweiten Absinken von kriminellen Aktivitäten gekommen, sowohl im geschäftlichen als auch im privaten Bereich.

Bei Nichtbefolgen des Rituals wurde ein Signal an die zuständige Vertrauensleuteabteilung gesandt. Diese registrierte zusätzlich zum Programm solche Vorkommnisse und besuchte dann in der nächsten Stunde diejenigen, die das Ritual nicht ausgeführt hatten. Vor Ort wurde dann überprüft, welche Gründe für das Unterlassen vorlagen. Meistens waren Krankheiten oder Nachlässigkeiten die Ursache, deshalb wurden meist nur Ermahnungen ausgesprochen oder der medizinische Notdienst informiert.

Sollte aber eine Verweigerung des Rituals, möglicherweise zum wiederholten Male, vorliegen, so waren die Mitglieder des Vertrauenskörpers sogar berechtigt, denoder diejenige in das Erziehungshaus überstellen zu lassen, gegebenenfalls auch mit Gewalt und Unterstützung durch Mechanos. Aber das kam erfahrungsgemäß nur noch recht selten vor, es hatte sich herumgesprochen, dass dies sehr unangenehm für die Betroffenen war. Sollte außerdem eine Belehrung keine ausreichende Wirkung zeigen, konnte so eine Person sogar für längere Zeit in einem Erziehungshaus einbehalten werden. Zusätzliche Maßnahmen waren Reduzierungen der Nahrung bis auf Grundbedürfnisse, Information des persönlichen Umfeldes über dessen negative Einstellung zum Programm und Eintrag desjenigen in die sogenannte „Schwarze Liste", in der die Personen notiert wurden, die sich gegen das Programm gestellt hatten. Dies bedeutete, dass diese Personen auch nach ihrer Wiedereingliederung noch längere Zeit besonders intensiv beobachtet und kontrolliert wurden. Meist aber reichte die Essensreduzierung (Wasser und Mus zum Frühstück, zum Mittag und als Abendessen) bereits aus, diese Delinquenten wieder zur Teilnahme am Programm zu ermuntern.

Rotiner unterbrach seine Überlegungen, konzentrierte sich wieder auf seine Besucher. Während der vorherigen langen Antwort hatte er auch erst die Gesichter der beiden angeschaut, dann war sein Blick auf das Gerät gefallen und er hatte mit Interesse vermerkt, dass die Anzeige nur ganz leicht geschwankt hatte. – Jaa, er konnte dieses Gerät austricksen! – Aber bei diesem

Gedanken war die Anzeige auch sogleich deutlich gefallen, so deutlich, als hätte der fatale Gedanke auf seiner Stirn gestanden. Oh, Mist!

Doch ihm fiel die Rettung ein!

Er schaute auf und sah dem jungen Sportlichen direkt ins Gesicht, zwang diesen dadurch, auch ihm ins Gesicht zu blicken, nicht auf sein Gerät.

„Möglicherweise wäre ich ja auch etwas mitteilsamer, aber meist sind bei diesen Gesprächskopplungen ja auch Leute dabei, die mir näher bekannt sind, die ich aber nicht gerade zu meinen Lieblingspartnern zählen möchte. Ich weiß, gerade auch solche Diskrepanzen sollten in aller Öffentlichkeit diskutiert werden, aber manchmal können Worte auch falsch ausgelegt werden, bei dem oder der Betroffenen falsche Erwartungen oder Gefühle auslösen. Ach, und diese mobilen Geräte, die sind bei mir so mobil, dass ich sie zu häufig nicht mehr finden kann, weshalb ich mir angewöhnt habe, ohne zu gehen!"

Der Angesprochene schaute ihn einen Augenblick nachdenklich an, dann drehte er sich zu seinem Partner um.

„Nehmen wir das hin oder wollen wir noch etwas tiefer bohren?"

„Naja", sagte der, „wenn das seine Meinung – ähhh – seine augenblickliche Meinung ist und das Gerät auch nichts Auffälliges anzeigt, dann scheint hier alles in Ordnung zu sein, bis auf ..."

„Ja, bis auf seine mangelhafte Resonanz bei den Gesprächen und seine Weigerung, ein mobiles Gerät mit sich zu führen."

Der Sportliche wandte sich wieder Rotiner zu:

„Sie geben ja selbst zu, dass Sie in diesen Bereichen Richtung Mängel aufweisen. So kommt unsere Aufforderung an Sie, sich spontaner zu äußern, für Sie nicht gerade überraschend. Aber Sie sagen selbst, unsere Gesellschaft kann nur existieren, weil und wenn jede Person sich mit ihr identifiziert und ihre Beauftragten bestmöglich unterstützt. Wir gehen heute und jetzt davon aus, dass Sie sich in Zukunft stärker an den gemeinschaftlichen Aktivitäten beteiligen werden, die ja auch für Sie nur von Vorteil sind. Denken Sie nur einmal an die Gefahren, denen Sie sich aussetzen und ohne Mobilgerät haben Sie keine Möglichkeit, Hilfe herbeizurufen. Denken Sie darüber nach! Deshalb können wir Ihnen nur wünschen, dass Sie für die Interessen der Gesellschaft noch mehr Freude und Engagement aufbringen. So, das war vorerst alles. Gehen wir wieder! Guten Tag!"

Die beiden Männer standen auf, gingen auf den Flur und die Wohnungstür öffnete sich. Aber abrupt blieben sie stehen und der etwas Korpulentere deutete auf den Emissioacceptor im Flur, der von Rotiners Garderobe fast verdeckt war. „Äh, und dieser Emissiac sollte freies Sichtfeld haben, nur zur Sicherheit!"

Er warf Rotiner einen scharfen Blick zu, dann gingen die beiden, und Rotiner war wieder allein.

Naja, wie üblich, fast allein. Das vergaß er immer wieder, dieses „Fast", weil ja nicht nur in seinem Flur, sondern auch in seiner Küche, in seinem Schlafzimmer und sogar in seiner Toilette diese Emissiacs, diese Emissioacceptoren waren, Geräte, die permanent, also auch dann, wenn sie nichts anzeigten, trotzdem sowohl optische als auch akustische Eindrücke aufnahmen und diese an das Programm weitersandten.

Diese Eindrücke wurden dann von dem Programm mit seinem bisherigen Verhalten verglichen, Auffälligkeiten wurden in speziellen untergeordneten Einzelprogrammen verarbeitet; diese Programme waren in der Lage, nur anhand eines einzigen Satzes auf den äußeren und inneren Zustand der betreffenden Person zu schließen. So viel hatte er in Erfahrung gebracht.

An sich waren Emissiacs eine gute Sache. Über die konnte er rund um die Uhr mit jedem kommunizieren, mit wem er wollte, sogar, wenn er auf dem Topf saß, obwohl das dort installierte Emissiac eine allerdings eingeschränkte Abschaltmöglichkeit besaß.

Selbstverständlich war er offiziell sehr erfreut über diese Art Sicherheit, die ihm diese Geräte vermittelten. So konnte er zwar zum Beispiel noch stolpern und fallen, aber die Emissiacs würden dies registrieren, als Gefahrensituation weitermelden und spätestens nach zehn Minuten wäre der Hilfsdienst zur Stelle und würde ihm wieder aufhelfen. Obwohl, vielleicht würde es bei ihm fünfzehn Minuten dauern, bei seinem bisherigen Verhalten.

Das Kontrollprogramm konnte auch Rückschlüsse aus seinem bisherigen Verhalten ziehen, doch überraschende Verhaltensänderungen wurden zwar aufgenommen, die Reaktion darauf erfolgte immer noch verzögert.

Das hatte er von der alten Frau Martin erfahren. Die hatte ihm erzählt, weil sie früher ab und zu hingefallen wäre, wäre immer schneller der Hilfsdienst dagewesen, bis sie von ihrem Vertrauenskörperteam besucht worden sei. Die hätten sie davon überzeugt, dass es besser für sie wäre, wenn sie dieses Schlückchen Alkohol nach jedem Essen doch fortlassen würde. Das würde sich auch bei ihrer Gesundheitsbewertung positiv bemerkbar machen und es stimmte, danach wäre ihre Beurteilung deutlich besser geworden, das hätte sie im Programm nachgesehen. Sie wäre nach diesem Besuch nur noch zwei-, dreimal, allein, weil sie sich gebückt oder hingekniet hätte, nach nur wenigen Minuten vom Hilfsdienst aufgesucht worden. Nachdem dieser aber nichts Ungewöhnliches mehr hätte feststellen können, hätte sich die Reaktionszeit wieder auf zehn Minuten eingependelt und, wie gesagt, ihr Gesundheitskoeffizient sei gestiegen.

Die alte Dame hatte dabei gekichert und ihm zugeflüstert, eigentlich dürfte sie ihm solche Informationen ja gar nicht geben, da er ja eine Risikostufe 5 hätte.

Woher sie diese Information hatte, verriet sie ihm nicht, im Gegenteil, danach war sie still und stumm geworden. Vielleicht wurde ihr da erst klar, was sie da gesagt hatte. Ja, es hätte ja auch sein können, dass er zu den zeitweisen Kontrollpersonen gehörte. Oder dass er diese Äußerung ihrer Vertrauenskörperleitung melden könnte, die die Dame dann als höheres Risiko einstufen würde, verbunden mit einer intensiven Überprüfung und weiteren Aktivitäten. Oder war es möglich, dass die Dame nur einen Test mit ihm gemacht hatte?

Hatte er falsch gehandelt, weil er diese Äußerungen nicht gemeldet hatte? Jeder andere hätte sich gefreut, eine solche Plaudertasche zu melden und hätte sich dafür einen Bonus eingehandelt. Und er? Vielleicht hätte er, wenn er das gemeldet hätte, sein Sicherheitsrisiko auf 4 senken können, egal, ob sie nun eine Plaudertasche oder eine Testerin gewesen war. Auch heute wusste er das noch nicht. Vielleicht war sein Sicherheitsrisiko deshalb schon auf 6!

Er wischte sich den Schweiß von der Stirn. Hoffentlich nicht!

Und dann seine Nachbarin! Diese Dame war ihm suspekt! Seit ihr Mann gestorben war, suchte sie nach einem Ersatz und anscheinend hatte diesen in ihm gefunden. Nicht im Positiven, nein, im Negativen! Sie spitzelte ihm hinterher, wusste oft genauer Bescheid über das, was er getan hatte, als er selbst.

Das wusste er aus einer Sendung, in die er sich eingeschaltet hatte. Diese Sendung hatte zufälligerweise von Nachbarn gehandelt und ganz zufällig hatte auch seine Nachbarin bei dieser Sendung mitgemacht, hatte dort gerade eine Tirade, so konnte man es fast ausdrücken, über sein Lotterleben losgelassen, als er sich eingeschaltet hatte. Die Eindrücke, die er dort im Programm von ihr und ihrem Wissensdurst erhalten hatte!! Nein, die hatte Dinge über ihn erzählt, Sachen erfunden oder zusammengereimt, da hatte er nur noch den Kopf schütteln können.

Dann hatte sie mitbekommen, dass er sich auch dazugeschaltet hatte und hatte auf ihn gedeutet: „Da, das ist er!" Daraufhin hatte er sich aus dem Programm abgemeldet, das war ihm zu viel geworden! Er wollte nicht einfach so sein Seelenleben vor anderen Menschen ausschütten oder die Frau auf die gleiche Art zurechtweisen, wie sie ihn angeprangert hatte.

Er ging in die Küche zurück, meldete sich im Programm an, suchte nach der aktuellen dieswöchentlichen Speisekarte, wählte unter den drei Gerichten, die dort angeboten wurden, eins aus und bestellte sich, als wäre nichts gewesen, sein Essen, einen Auflauf. Obwohl, so überlegte er, eigentlich hätte er den Besuch als überraschend empfinden sollen und solche Überraschungen … ja, was hätte das Programm als verständlich, als seine normale persönliche Reaktion auf diesen überraschenden Besuch gedeutet? Einen Auflauf bestellen? Erst den Besuch des Vertrauenskörperteams und dann Auflauf bestellen? Nein, dies würde das Programm als ungewöhnliche Reaktion deuten, als nicht angemessene Reaktion! Oh, das konnte er ja noch ausgleichen.

Daher bestellte er sich zu dem Auflauf noch ein Erdbeereis als Nachtisch und änderte diese Bestellung dann, sozusagen als Hinweis auf seine mangelnde Entscheidungsfreude, nachträglich in Erdbeerkuchen ab. Die Lieferung würde in zirka einer halben Stunde erfolgen und so hätte er noch Zeit genug ...

Aber nein, er hatte ja keine Zeit! Die beiden hatten ihn doch ausdrücklich aufgefordert, sich öfter am Programm zu beteiligen, und so ein Besuch war doch gewiss ein Grund, sich im Programm darüber auszulassen.

Er gab dem Emissiac die entsprechenden Anweisungen und deutete, als die Bildwand in der Küche hell wurde, auf das Programm. Er wedelte zu einem Diskussionskreis über Nachbarn und sogleich war er auf Sendung, während er noch überlegte, ob es vorteilhafter für ihn wäre, gleich mit seinem Besuch dazwischen zu platzen oder erst mal abzuklären, welches Thema gerade dran war.

Er entschied sich, zu warten, so hatte er das früher auch gemacht, das Programm würde daran nichts Unübliches erkennen. Und so wartete er, bis eine Dame, naja, ihren Äußerungen zufolge nicht gerade eine Dame, mit ihrem Beitrag über einen neuen Nachbarn fertig war. Als die üblichen Kommentare dazu abgegeben worden waren, meldete er sich zu Wort und fragte in die vorhandene Runde, wie bei ihnen Besuche von Vertrauensleuten abgelaufen wären.

Jui, da ging die Stimmung hoch, das merkte er daran, dass vier oder fünf Leute gleichzeitig loslegten. Ein großer Teil der Personen fand diese Besuche ganz wunderbar, freuten sich über die Reaktionen, fühlten sich durch diese Besuche wertgeschätzt. Bei einem kleinen Teil seiner Diskussionspartner hatte er den Verdacht, dass diese solche Besuche als Überwachung, als Ausspähung ansahen, sich aber nicht so deutlich äußern wollten, weil das Programm ja bestimmt auch diese Sendung prüfen und auswerten würde, und sie mögliche negative Auswirkungen befürchteten.

Die meisten anderen Gesprächsteilnehmer aber standen solchen Besuchen fast gleichgültig gegenüber, meinten, das müsse man in Kauf nehmen, wenn man so etwas wie die heutige Gesellschaft akzeptieren und deren unbestreitbare Vorteile in Anspruch nehmen wolle.

Hierbei kam es zu Diskussionen über die Vorteile dieser Gesellschaft, über deren extremen Informationshunger und den Auswirkungen, wenn die Menge der Informationen zunehmen oder abnehmen würde. Anscheinend gab es genügend Leute – so wie seine Nachbarin – die alle Informationen, die ihr Leben betrafen, gern dem Programm zur Verfügung stellen würden, wenn sie im Austausch dafür ein geregeltes „normales" Leben führen konnten mit all den Vorteilen.

Die Diskussion wogte hin und her, Argumente und Gegenargumente wurden den jeweiligen Kontrahenten an den Kopf geworfen, bis ein junges Mädchen, persönlich recht ansprechend, manche würden sie sogar attraktiv nennen, den Kopf schüttelte und mitten in einen Streit hinein sagte: „Nee, nee, das find ich alles an den Haaren herbeigezogen. Ich glaub, hinter diesen monatlichen

Umfragen der Vertrauensleute steckt nur ein großer Konzern dahinter, der seine Waren an die Bedürfnisse aller anpassen, optimieren will! Und das Programm, das kann mir gestohlen bleiben!"

Zwei, drei Sekunden lang waren alle still, konsterniert, wie vor den Kopf geschlagen. Man konnte fast greifbar die kollektiven Gedanken lesen, die durch die Köpfe der Teilnehmer huschten: Wie konnte so eine junge Person alles in Frage stellen, Vertrauenskörper, das Programm und somit im Endeffekt ihr ganzes Leben? Eigentlich war doch jeder von ihnen überzeugt, dass es ohne diese Zusammenarbeit zwischen Vertrauenskörper und Programm, die ihre Bedürfnisse koordinierten, nur Chaos und Streitereien gäbe. Hatte die sich mal klargemacht, wie ihr Leben ohne Programm aussehen würde? Die würde sich einen Fleischeintopf wünschen und bekäme, wenn sie überhaupt etwas bekäme, vielleicht nur eine Schüssel Reis! So eine dumme Göre! Keine Ahnung, wie ihr Leben ohne Programm aussehen würde, aber dumm daher schwätzen! Vielleicht sollte ihre Vertrauenskörperleitung sie mal zur Vernunft bringen.

Nach diesem Moment der Stille brach bei einigen der Zorn durch. Aufschreie der Empörung, persönliche Angriffe, Drohungen, alles hagelte auf die junge Dame nieder. Aber die nahm das alles ganz gelassen hin und bemerkte, während die anderen Atem holten, nur, dass außerdem durch solche Besuche festgestellt werden sollte, wie der Besuchte zu dem Programm, zu der Gesellschaft im Allgemeinen stehe.

„Die suchen doch nur nach Leuten, die widerspenstig sind, die sich nicht anpassen wollen, die anders sein wollen als die andern. Die verlassen sich auf die Vocis, aber die Geräte sind auch nicht unfehlbar. Was ist denn, wenn der Besuchte einen der Vertrauensleute persönlich nicht leiden kann? Der Voci gibt dann ein vollkommen falsches Signal und nur wegen solch einer persönlichen Antipathie kommt derjenige in Misskredit! Ich halte das für verantwortungslos!"

Wieder erregten sich einige aus der Gruppe lautstark, nicht ganz so laut wie am Anfang, trotzdem noch laut genug. Wenn man den meisten Glauben schenken wollte, dann stand dem Mädchen eine peinliche Befragung bevor. Er bedauerte das Mädchen, wünschte sich, er hätte eine andere Gruppe, ein anderes Thema gewählt, aber er konnte dies nicht rückgängig machen, die Aussage war getätigt worden, jetzt würde das Programm alles überprüfen, Änderungen und Verbindungen analysieren, Verhaltensstudien betreiben, Anweisungen an Vertrauensleuteteams geben.

In dem Augenblick stieg in ihm ein Verdacht hoch. Das Mädchen musste doch gewusst haben, dass es mit seinen Äußerungen an den Grundsätzen der Gesellschaft rüttelte. So ahnungslos, so gleichgültig, das schien ihm nicht zu dem Mädchen zu passen. Nein, sie war sehr wahrscheinlich eine Testerin, um herauszubekommen, wer sich wie äußerte. Sollte er? Sein Gewissen sträubte sich, aber irgendwie verfestigte sich der Verdacht immer mehr und so tat er, was er eigentlich noch nie getan hatte: Er wechselte zur Beschwerdestelle im Programm und hinterließ ein Statement mit der Beschreibung der soeben erlebten Szene und einem persönlichen Kommentar.

Als er sich abgemeldet hatte, packte ihn sein Gewissen so richtig. Was wäre, wenn das Mädchen daraufhin Probleme bekäme? Eine miese Einstufung? Oder sogar eine Anzeige und somit eine Anhörung vor einem Richter?

Würde sie vielleicht sogar bestraft? Nur weil er, er allein, sie denunziert hatte?

Nein, das war er nicht allein gewesen, dieser Gedanke beruhigte ihn wieder etwas. Die meisten der Teilnehmer würden die gleiche Meldung machen und außerdem, das Programm hatte bestimmt diese Diskussionsrunde aufgenommen und würde somit automatisch Untersuchungen anstoßen.

Er beruhigte sich etwas und ging zurück zu der Sendung, wollte nicht den Vorwürfen seines Gewissens lauschen, nicht sich in Gedanken all die möglichen Szenarien vorstellen, die auf das Mädchen zukamen.

Dort war es, weil sich das Mädchen inzwischen abgemeldet hatte, wieder etwas ruhiger geworden. Nur ein nicht mehr ganz junger Mann machte noch eine Bemerkung, die aber im allgemeinen Geplauder fast unterging.

„Die sollten nicht nur mit einem Voci bei der vorbeischauen, nein, es gibt da ein neues Gerät, das ist noch schneller, da sieht man fast in Jetztzeit, was die betreffende Person wahrscheinlich tun wird. Das Gerät ist ans Programm angeschlossen und das Programm kann daraus zukünftige Verhaltensweisen ableiten, wie sie auf bestimmte Fragen antworten wird und – ganz wichtig – ob die Antwort ehrlich gemeint ist! Vorhersage-Wahrscheinlichkeit über 70 %!!! Mit so einem Gerät würde ich gern mal zu der hingehen und sie befragen!"

Einige Gesprächsteilnehmer winkten ab: „Siebzig-Dreißig, das wäre noch viel zu ungenau. Die sollten sich doch mal anstrengen und Geräte produzieren, die 80, 90, 100 % Genauigkeit bringen."

Doch Rotiner war schon über die 70 % erschrocken. Wenn zwei, drei ähnliche Fragen gestellt würden, ergäbe das ja eine Genauigkeit von über 80 oder sogar über 90 Prozent!!

Er täuschte einen Hustenanfall vor, um seine Sprachlosigkeit zu überdecken, hoffte, dass bei dieser Gesprächsrunde solche neuen Geräte noch nicht eingesetzt wurden. Nach einer Viertelstunde, in der das Verhalten gegenüber neuen Nachbarn im Mittelpunkt stand, meldete er sich ab, weil es seiner Meinung nach nur noch kurze Zeit dauern würde, bis sein Essen kam. Richtig, nur Sekunden später ertönte an seiner Tür ein „Pling".

Rotiner ging zur Tür, schaute erst gar nicht auf den Türmonitor, sondern aktivierte gleich den Türmechanismus. Die Tür ging auf und da stand, nein, nicht der Essensroboter, nein, da stand seine Nichte!

Er starrte sie an, reagierte erst, als sie fragte: „Hallo! Darf ich reinkommen?" Da nickte er ganz verwirrt mit dem Kopf, kurz darauf saßen sie in der Küche und redeten miteinander.

Diese Nichte war seine Lieblingsnichte, kein Wunder, denn sie war ja seine einzige. Seine Lieblingsnichte war sie, seit er mitbekommen hatte, dass sie als kleines Kind in einem Wutanfall ein Buch gegen die Sichtscheibe des Projektors geworfen hatte. Dazu hatte sie geschrien: „Du blödes Programm, so einen doofen Prinzen mag ich nicht!"

Später hatte sie, entgegen der damals üblichen Lernmethode, es vorgezogen, aus Büchern zu lernen, nicht von einem Computerprogramm. Er hatte ihr dabei geholfen. Jedes Mal, wenn er zu Besuch kam, was damals öfter der Fall war, hatte er ein paar Bücher dabei. Sie hatte die Bücher verschlungen und teilweise sogar den

Inhalt auswendig gelernt. Während ihre Mitschülerinnen das Computerprogrammwissen nur bis zur nächsten Prüfung behielten und dann vergaßen, sog sie dieses Bücherwissen auf, machte sich manchmal sogar Gedanken, ob das alles richtig, schlüssig sei. Sie stellte das Gelesene in Frage, glaubte nicht gleich alles, was sie gelesen hatte, hinterfragte vieles, nicht so wie die meisten ihrer Mitschülerinnen, die alles kritiklos glaubten, was sie auf irgendeiner Internetseite entdeckt hatten. Natürlich eckte seine Nichte dabei an, bekam abwertende Kritiken, wurde als unbelehrbar, besserwisserisch und asozial eingestuft. Ihre Eltern versuchten, sie anpassungsfähiger zu machen, seinen Kontakt zu ihr einzuschränken. Daraufhin überwarf er sich mit seinem Bruder. Sie machte den Abschluss und besuchte irgendein Institut, und da brach der Kontakt mit ihr ab.

Diese Gedanken, diese Erinnerungen schossen ihm durch den Kopf, während er sich fasste, sie anlächelte und dann fragte, welchem Umstand er denn diesen schönen Besuch verdanke. Zuerst dachte er natürlich, dieser Besuch seiner Nichte sei zufällig. Aber nach und nach entnahm er ihren Worten, dass sie auf ihre Eltern sauer war. Anscheinend hatten die sich über sie unterhalten, ihr Emissiac hatte die Unterhaltung ans Programm weitergegeben und prompt war jemand von der Vertrauenskörperleitung bei ihr aufgetaucht.

Weil das auch noch so ein Unsympath gewesen war und sein Voci auch noch ihre Missstimmung dokumentiert hatte, hatte sie eine halbe Stunde lang einen Vortrag über Gemeinschaft und Zusammenhalt über sich ergehen lassen müssen. Zuletzt hatte sie auch noch eine mündliche Verwarnung bekommen!

Sie war noch so richtig in Fahrt, und er musste sie mehrmals mit dem Hinweis sowohl auf den Emissiac als auch auf seine Nachbarin dämpfen.

Kaum hatten sie ihr Gespräch begonnen, läutete es an der Tür, worauf sie beide erstarrten. Hatte die Nachbarin mitbekommen, dass er Besuch hatte und somit über das Programm ihr Gespräch verfolgt und gleich reagiert?

Er stand auf und ging zum Türmonitor. Draußen stand nicht die Nachbarin und auch nicht der gewohnte Speisenroboter, nein, es war der junge sportliche Typ des Vertrauenskörperteams, der trug die Essensbestellung. O.k., das war zwar ungewohnt, aber nicht zu ändern. Er musste nur vorsichtig sein, aber er hatte ja das getan, was dieser Mensch von ihm gewollt hatte. Nur musste er auf irgendeine Weise seine Nichte warnen.

Rotiner öffnete die Tür und wollte ihm das Essen abnehmen, aber nein, der junge Sportliche lehnte sein Angebot ab und trug das Essen in die Küche, blieb dort verdutzt stehen. Seine Nichte schaute den Sportlichen an, machte große Augen.

„Hallo", begrüßte ihn Rotiner und fuhr fort „Sie können das Essen dort abstellen!"

Leicht verwirrt folgte der seinem Hinweis und stellte es auf dem Tisch ab.

„Das ist meine Nichte, sie ist zu Besuch da!"

Irgendwie hatte er das Gefühl, dass seine Worte nicht wahrgenommen wurden, von den beiden reagierte keiner, die starrten sich bloß an. Na, Klasse, er musste seine Nichte irgendwie warnen.

„Wo ist denn Ihr Kollege?", fragte er. Das drang endlich bei dem Sportlichen durch. „Ähhh, der bringt gerade den Essensroboter zur Reparaturstation, deshalb bin ich gekommen!"

Anscheinend hatte auch seine Nichte inzwischen kapiert, wer da gekommen war. „Oh, Onkel, ich störe dich beim Essen, da will ich wieder gehen. War schön, wieder mal mit dir zu plaudern. Ich geh jetzt. Tschüss!"

Sie stand auf und ging zur Tür. Auch der Sportliche wandte sich zur Tür, hielt sie ihr sogar auf. Dann verschwanden die beiden.

Bedrückt setzte er sich an seinen Tisch und begann zu essen. Hatte er da etwas falsch gemacht? Hätte er deutlicher werden sollen? Stärkere Worte als Warnung verwenden sollen? Er wusste es nicht, hatte nur das Gefühl, als nähere sich eine Gefahr! Eigentlich konnte er sich auf seine Gefühle verlassen, auf seine Intuition, die hatte ihn in seinem bisherigen Leben nur zweimal im Stich gelassen, zweimal und diese beiden Male taten ihm heute noch weh, daran wollte er nicht erinnert werden.

Wieder ertönte ein „Pling". Er schoss von seinem Stuhl hoch, hastete zur Tür, öffnete und ... draußen stand der Sportliche.

„Störe ich beim Essen?", fragte der und gleich darauf: „Darf ich trotzdem reinkommen?"

Einen Mann vom Vertrauenskörperteam, nein, den lässt man nicht draußen stehen, also: „Ja, bitte, kommen Sie herein!"

Während Rotiner sich hinsetzte und sein Essen zu sich nahm, sagte sein Besucher: „Essen Sie nur, ich kann warten. Ich möchte mich nur ein bisschen mit Ihnen unterhalten. Ohne Voci!"

Erschrocken überlegte Rotiner. Was wollte dieser Mensch? Nur Unterhaltung? Die hatte er doch im

Programm! Und ohne Voci? Was sollte dieser Unsinn? Ein Mann vom Vertrauenskörperteam und ohne Voci? Nein, der wollte ihn bestimmt nur testen! Vielleicht hatte der sogar eins dieser neuen Geräte dabei!

Ihm brach der Schweiß aus. Mechanisch löffelte er seinen Auflauf, schaufelte danach den Nachtisch, Erdbeerkuchen, fades geschmackloses Zeug, in sich hinein. Schließlich war er fertig, konnte dem Gespräch nicht länger ausweichen. Er stellte sein Geschirr in die Reinigungsbox, drehte sich um und setzte sich auf den Stuhl am Fenster. So war, überlegte er, nicht gleich jede Reaktion in seinem Gesicht zu sehen, während er das Gesicht seines Gegenübers genau betrachten konnte.

Tja, und dann war er verdutzt. Dieser sportliche Typ, so schien es, wollte eigentlich gar nichts von ihm, der wollte anscheinend nur wissen, in welchen Verhältnissen er lebte, wie es ihm persönlich ging. Und wer seine Nichte war! Anscheinend war das sein Hauptanliegen, obwohl der Kerl es vermied, allzu neugierig zu wirken.

Zum Abschied sagte der auch noch zu ihm: „Ich darf doch noch mal wiederkommen, oder?"

Eine einfache Frage und trotzdem fand er sie seltsam und dieses „oder", sollte das eine Aufforderung sein oder eine Drohung?

Aber dieser außergewöhnliche Tag hatte noch mehr zu bieten. Sein Emissiac meldete sich, sein eigener! Als er sich wieder in seiner Küche hinsetzen, über die beiden Besuche nachdenken wollte, da meldete sich der Emissiac, es erschien eine ihm unbekannte Person, er konnte nicht erkennen, ob Roboter oder Mensch oder fiktives Bild. Klar, heutzutage waren ja diese Abbildungen einem echten Menschen so täuschend ähnlich, dass man kaum noch unterscheiden konnte, ob es ein echter Mensch oder ein unechtes Abbild war. Diese Person teilte ihm mit, dass er sich am nächsten Tag in dem Zentralgebäude der Erwachsenenerziehung einzufinden habe.

Rotiner machte seine erprobten Gedankenspiele, dachte an seinen 15. Geburtstag und es gelang ihm, diese Mitteilung ohne sichtliche Erregung entgegenzunehmen. Auf seine Frage hin, was er dort machen solle, wurde ihm mitgeteilt, dass er sich dort bei der Anmeldung ausweisen und die Nummer „4338" nennen solle. Weitere Auskünfte bekam er nicht.

Das war das erste Mal seit langer Zeit gewesen, dass das Programm sich direkt an ihn gewendet hatte. Was hatte das denn nur zu bedeuten? An diesem Tag ging er unruhig zu Bett und schlief erst ein, nachdem er sich zwei Stunden lang im Bett hin und her gewälzt hatte. In der Nacht plagten ihn Alpträume, die er schon seit langer Zeit nicht mehr gehabt hatte.

Am nächsten Morgen wachte er mit Kopfschmerzen auf, die erst nachließen, als der Essensroboter die bestellten Schmerztabletten gebracht und er sie eingenommen hatte.

War das wirklich so ein beschränktes Leben oder kam es ihm nur so vor? Er hatte doch alles, eine Wohnung, ja, nicht sehr groß, aber trotzdem. Er brauchte nur dem Emissiac entsprechende Anweisungen zu erteilen und schon hatte er Unterhaltung, Kontakt zu jungen oder älteren Leuten, konnte sich mit denen über alles und jeden unterhalten. Man kümmerte sich um ihn, nahm ihn wichtig („Aber nur einmal im Monat", flüsterte eine Ecke seines Gehirns), er wurde versorgt, bei

Krankheit auch behandelt („Jaa, die Medikamente sind nicht von schlechten Eltern!" Das war eine andere Ecke seines Gehirns).

Wenn er als Einsiedler galt, war das doch seine Sache, er wollte das doch so! O.k., er hatte in der Vergangenheit Pech gehabt, hatte sich in einen Streit hineintreiben lassen, ein Streit, bei dem er meinte, die moralischen und die ethischen Grundsätze müssten für alle gelten. Dann hatte er erfahren müssen, dass Moral ein hinderliches Ding war, etwas, was bei anderen, besonders bei Politikern mit ihrem ausgeprägten Machtstreben und ihren weitreichenden Verbindungen, teilweise an letzter Stelle stand. Da hatte er Lehrgeld bezahlen müssen, besonders, als auch noch die Staatsgewalt hinzukam, für die Moral und ethische Grundsätze sowieso nicht galten, für die nur die Befehle, Direktiven von oben maßgebend waren. Deren Anliegen nicht die Gerechtigkeit war, sondern nur die Wahrung des öffentlichen Friedens, des Funktionierens. Recht zu sprechen und Recht durchzusetzen war für die meisten mit dem Privileg verbunden, Gesetze und Vorschriften so zu erlassen, dass es ihnen ermöglicht wurde, ihre eigenen Vorteile gesetzeskonform auszuweiten und auszulegen.

Vielleicht, er hoffte es zumindest, gab es doch noch ein paar echte Vertreter des Volkes, die sich wirklich die Zeit und Muße nahmen, um den Willen und das Wollen des Volkes zu erkunden und die sich wirklich bemühten, das Beste für die Menschen zu tun. Doch der große Rest der Volksvertreter, das hatte er erfahren müssen, die waren nur auf Macht aus, auf Einfluss, auf Geld und Vorteil und spannten dazu jeden ein, der in ihre Reichweite kam. Oder umgekehrt!

Die Verbindungen zwischen Politikern jedweder Richtung und den Reichen und Mächtigen waren ja teilweise schon seit Jahrhunderten angeprangert worden, aber hatte sich daran etwas geändert? Nein! Die einen sahen die andern als ihre Handlanger an, mit deren Hilfe sie noch mehr Macht und Geld ansammeln konnten, egal, ob sie sich in einer Diktatur, einem Feudalstaat oder in einer Demokratie befanden! Würde, nein, konnte sich an dieser Konstellation etwas ändern?

Andererseits, das musste er zugeben, wusste er ja auch nicht viel über seine Mitbürger, vielleicht waren ja diese Volksvertreter ohne Moral genau die richtigen Vertreter eines Volkes, das auch keine Moral kannte, sondern nur noch die Gier nach mehr Macht, mehr Geld, mehr Einfluss! Ein Volk nicht mehr der Dichter und Denker, sondern der Gierhälse und Befehlsempfänger, der Duckmäuser und Angepassten!

Er erinnerte sich an seinen Großvater, der ihm erzählt hatte, dass es nach dem letzten Weltkrieg eine Zeit gab, in der ein Zusammengehörigkeitsgefühl vorhanden war, ein Wir-Gefühl.

Aber dann kamen die 80-er Jahre des vergangenen Jahrhunderts mit den Anfängen der Ich-AG und damit war der Zusammenhalt dahin! Danach hatten die Politiker ihre Hausaufgaben gemacht und die Macht über die Medien übernommen und die Menschen ins geistig seichte Fahrwasser gelotst, sodass kaum noch jemand Interesse an der Politik hatte, und die Politiker somit tun und lassen konnten, was sie wollten. Und die Bevölkerung hatte brav mitgespielt und sich von Brot und Spielen einlullen lassen oder die Peitsche gespürt. Ja, auch er!

Jetzt, wo das Programm regierte, war es sowieso müßig, sich mit Politik zu befassen! Jetzt bestimmte das Programm, was für die Menschen gut war, was die Menschen zu tun oder zu lassen hatten! Obwohl es anscheinend immer noch einige wenige Personen gab, die Widerstand leisteten, denn erst vorgestern hatte er wieder einmal einen besprühten Emissiac gesehen, in der Stadt, am Eingang eines Verwaltungsgebäudes! Wie hatten sie dies im Programm genannt, ein Anschlag auf die Bevölkerung, ein Angriff auf den Fortschritt, auf die Zivilisation! Erstaunlich, dass so etwas noch möglich war, wo doch der Rest der Menschheit von dem Programm gesteuert wurde.

Vor ihm stand das Frühstückstablett, aber im Augenblick war ihm der Appetit vergangen. Er schaute aus dem Fenster auf die gegenüber liegenden Gebäude und versuchte sich vorzustellen, wie die Menschen in 50 Jahren leben würden. Würden sie vollautomatisch leben, von allen Sorgen befreit, weder Hunger noch Krankheiten kennen, weder Angst noch Wut haben, aber auch keine Liebe und auch keine Verzweiflung? Unfähig, Beziehungen zu anderen Menschen aufzubauen? Leben wie die Automaten? Wie Roboter? Vorgeprägt durch Verhaltensnormen? Durch das Programm?

Gestern hatte er im Programm miterlebt, wie sich Wut ausbreitete, Wut über die undankbare Göre, die nicht begriffen hatte, dass auch sie ein Teil der Allgemeinheit war, dass das Programm sich um sie kümmerte, und dass sie dafür dankbar sein sollte.

Er wusste nicht, wer das Programm erstellt hatte, wer dafür zuständig war. Möglicherweise gab es keinen einzelnen Zuständigen für das Programm, jeder Beteiligte trug nur einen winzigen Teil bei, aber eine Million winzige Teile, ach was, eine Milliarde, nein, sogar eine Billion winzige Teile, die waren schon wieder etwas Großes, Mächtiges!

Oder gab es vielleicht doch irgendeinen Zuständigen? Doch, es musste einen geben! Einen oder eine Gruppe, die alles koordinierte! Der oder die bestimmte Entscheidungen traf, treffen musste. Und wenn jeden Tag die Milliarden Menschen mit dem Programm kommunizierten und ihre Wünsche, ihre Worte und ihre Taten dem Programm mitteilten, war es darum nicht klar und logisch, dass das Programm die neuen Wünsche auch neu zu interpretieren hatte, einsortierte, somit immer umfangreicher wurde, größer und mächtiger wurde?

Halt, wieso war das logisch? „Logisch" bedeutete doch „folgerichtig", oder? Eine Sache bedingt eine andere! Aber Menschen handeln doch nicht logisch. Oder doch? Wenn zehn Milliarden Menschen Hunger haben, was machen dann die zehn Milliarden? Sie bestellen sich was zu essen und dann stopfen sie sich das, was sie bestellt haben, in sich rein.

Stopp, das war eine Vermutung! Diese Mitteilung wurde über das Programm verteilt und jeder glaubte daran! Jeder! Jeder? Wirklich jeder? Was war mit der politischen Führung? Es gab da doch immer noch den Staat, die politischen Parteien! Obwohl die sich, seiner Meinung nach, in den letzten Jahren so aneinander angenähert hatten, dass kaum noch Unterschiede zwischen den einzelnen Politparteien festzustellen waren. Das sah man auch an der geringen Wahlbeteiligung. Nur noch höchstens 25 Prozent der Menschen wählten, wählten, was auch immer. Die meisten Leute, die er kannte, die waren der Meinung, das Programm wisse besser als die Politiker, was zu tun sei. Aber es tauchten zwischenzeitlich immer häufiger Gesichter auf, die er bestimmten Firmen zuordnen konnte. Vor vielen Jahren hatten bestimmte Firmen ihre Lobbyisten, ihre Interessenvertreter im Umkreis der Politiker positioniert. Eine Zeitlang war es verpönt gewesen, so etwas zu erwähnen, die Parteiführungen hatten sich immer von solchen Leuten distanziert, offiziell distanziert!

Dann waren die Verbindungen zur Industrie immer üblicher geworden, zuletzt hatten manche Politiker sich sogar damit gebrüstet, die besten Verbindungen zu den Firmen zu haben, hatten ganz offen zugegeben, mit solchen Leuten, mit entsprechenden Firmen zu sympathisieren.

Inzwischen, nach der Installation des Programms, brauchte man diese Leute nicht mehr dort. Denn jetzt waren die einzelnen Firmen immer mehr miteinander verflochten, waren nicht mehr Konkurrenten, sondern Partner geworden, koordinierten alles miteinander. Nicht nur im eigenen Land, nein, inzwischen global, weltweit. Das Programm machte es möglich, nicht nur möglich, sondern es band die vielen Firmen ein in ein multinationales System, ein weltumspannendes System!

Aber solch ein System musste dirigiert, reguliert, koordiniert werden und dafür brauchte man bestimmte Personen, die erkennen konnten, wo und wie etwas zu tun, zu ändern, zu verbessern war. Klar, es gab die Leute vom Vertrauenskörper, die berichteten direkt an das Programm. Aber diese Berichte, die mussten auch gelesen, eingeschätzt, interpretiert werden, von Leuten, die wussten, was im Falle eines Falles zu tun war. Das bedeutete doch, es gab immer noch eine Hierarchie!

Eine Hierarchie wie früher der Adel? Eine Hierarchie mit Privilegien?

Man brauchte Leute mit Verbindungen, mit Kontakten weltweit! Vor allem Leute, die Kontakte zu den Programm-Machern hatten, die wussten, wer das Programm steuerte und wie.

Wurden die auch von Vocis überprüft?

Brauchten die keinen Vertrauenskörperbesuch?? War die morgendliche Verbeugung vor dem Emissiac, vor dem Programm, vielleicht nur eine Verbeugung vor den Machern des Programms?

Oje, wurde er langsam schizophren? Was dachte er denn da? Für das, was er gerade gedacht hatte, würde er vom Programm sofort disqualifiziert werden, wenn es das wüsste. Hoffentlich, hoffentlich hatte der Mann in der Plauderstunde nicht Recht, denn wenn das Programm dann Verbindung mit den neuen Geräten aufnehmen würde, nicht auszudenken!

Schwer atmend saß er da und bemühte sich, seine Gedanken wieder unter Kontrolle zu bekommen. Nach einigen Minuten ging es ihm wieder besser, sein Herz raste nicht mehr so. Aber er war noch schweißgebadet. So schleppte er sich zum Waschbecken, wusch und rasierte sich. Dabei schaute er in den Spiegel. Und sah sich. Sah sich in die Augen!

Den Augen konnte man nicht ansehen, was im Gehirn dahinter gedacht wurde. Noch nicht.

Die Möglichkeit des drahtlosen Anschlusses eines Gehirns an das Programm war, obwohl angeblich fieberhaft daran gearbeitet wurde, anscheinend immer noch in weiter Ferne, zu viele Probleme traten angeblich dabei auf. Kaum wurde ein Problem gelöst, entstanden, oft durch die Lösung dieses einen Problems, zwei neue Probleme. Das menschliche Gehirn war halt kein technisches Gerät, es konnte kreativ sein, etwas Neues erzeugen, was das Programm nicht konnte. Ein Gehirn konnte konstruktiv sein und gleichzeitig destruktiv, gefühlsbetont und logisch und, das Wichtigste, es gab keine zwei identischen Gehirne. Das Programm kannte zehn Milliarden Menschen und deren Verhaltensweisen, aber es konnte nur vergleichen, nichts Neues schaffen.

Menschen, nicht das Programm, hatten die Vocis erfunden, hervorragende Geräte, die in Verbindung mit dem Programm, das ja die Verhaltensweisen von Milliarden Menschen gespeichert hatte, recht genaue Angaben über die Stimmungslage eines Menschen machen konnten. Daraus konnte das Programm auch recht genaue Vorhersagen über die Aktionen bzw. Reaktionen ableiten. Aber eine vollkommen neue Reaktion, die musste erst mal geschehen, erst dann konnte das Programm diese neue Reaktion als neue Möglichkeit aufnehmen.

Genau in diesem Augenblick meldete sich wieder sein Emissiac und erinnerte ihn an seinen Termin im Erziehungshaus.

Als er seinen Velomat auf dem Parkplatz des Erziehungshauses abstellte, es hatte zum Glück nicht geregnet, war er so aufgeregt wie ein Pennäler vor dem Direktorzimmer. Was erwartete ihn?

Das Erziehungshaus war so ein Mittelding zwischen Krankenhaus und Gefängnis, das wusste er. Und in dem Erziehungshaus wurden die Personen eingeliefert, die gegen die allgemeinen Gesellschaftsregeln verstoßen hatten, manche nur einmal, andere mehrmals. Also nicht nur Gauner und Diebe, sondern auch Leute, die sich nicht in die Gesellschaft eingliedern wollten oder konnten. Dort sollten sie wieder die Regeln des menschlichen Miteinanders, die Regeln der Gesellschaft, einüben.

Er fühlte sich unsicher und war nervös, denn er war ja auch so eine Art Sonderling, der nicht unbedingt das Gleiche tat, was auch alle anderen taten.

Aber dann trat er doch auf die Tür zu und rief sein eigenes Sicherheitsprogramm auf, seine Erinnerung an den 15. Geburtstag. So ging er mit einem Lächeln im Gesicht auf die Anmeldung zu und stellte sich dort an, denn es waren trotz der frühen Stunde schon einige Leute da.

Als er an der Reihe war, drehte er, genau wie die anderen es vor ihm gemacht hatten, das Gesicht zu einem Emissiac, dieser hatte einen besonders großen Bildschirm, wartete, bis die Person dort fragte: „Die Nummer bitte."

Darauf nannte er die Nummer, die er sich eingeprägt hatte: „4338!"

Hatte sich die Miene der Person verändert? Hatte sie einen Augenblick gezögert? Er war sich nicht sicher. Nach nur einem kurzen Blick zur Seite wurde ihm mit einer etwas schnarrenden Stimme mitgeteilt: „Raum 338". Außerdem klickte etwas neben dem Bildschirm und ein Streifen kam aus einem kleinen Schlitz. Er guckte etwas verdutzt, aber die schnarrende Stimme, die bestimmt zu einem Roboter gehörte, die sagte einfach: „Nehmen Sie die Karte! Der Nächste, bitte!"

Also Raum 338! Vermutlich im 3. Stock.

Den Raum 338 zu finden war ziemlich einfach. 3. Stock, 3. Gang, Zimmer Nr. 8. Einfach eine Tür. Besuchsraum 338 stand auf einem Schild neben der Tür. Also machte er einen Besuch. Aber bei wem? Ihm fiel spontan niemand ein, der einerseits im Erziehungshaus war (oder war die alte Frau Martin vielleicht diejenige?), und andererseits war ihm niemand bekannt, der seinen Besuch erwartete.

Er blieb einen Augenblick vor der Tür stehen, aber die öffnete sich auch so schon von allein. Er ging hinein und stellte dann fest, dass er in einer Art Vorraum stand, einem Vorraum, der durch eine große Glasplatte von einem zweiten Raum abgetrennt war. Rotiner erinnerte sich, in seiner Jugend in Kriminalfilmen solche Besucherräume gesehen zu haben, Besucherräume in Gefängnissen. Da konnte man mit Telefonen mit dem Gefangenen sprechen.

In dem Vorraum befand sich noch eine Art Person, die eine Uniform trug. Die wandte sich ihm zu, kaum, dass er eingetreten war und musterte ihn, dann streckte sie die Hand aus. Ach ja, der Streifen! Er griff in seine Tasche und holte den Streifen heraus, legte ihn in die ausgestreckte Hand. Die uniformierte Person nahm den Streifen und steckte ihn in einen Schlitz neben einer Tastatur in einem Schaltpult.

Es dauerte einen Augenblick, dann wandte sie sich wieder um, fixierte ihn nochmals und gab dann eine Erklärung ab: „Der Patient 4338 wird soeben geholt. Sie können in einigen Minuten mit ihm sprechen. Wir müssen Sie aber darauf hinweisen, dass dieses Gespräch aufgezeichnet wird. Obwohl es verboten ist, Gesprächsthemen, die gegen unsere Gesellschaft gerichtet sind, aufzugreifen oder anzusprechen, sind Sie speziell dazu aufgefordert, auch solche Themen mit dem Patienten zu diskutieren, um bestimmte Informationen, die die Gesellschaft betreffen, zu erhalten."

Die Person schaute ihn nochmals streng an, als erwartete sie eine Reaktion oder einen Einspruch, aber dann deutete sie auf einen Stuhl, der vor der Scheibe stand und sagte: „Sie können sich setzen!" Sie drehte sich wieder zu dem Gerät um.

Ein paar Augenblicke lang war es still, aber bald ging in dem gegenüber liegenden Raum die Tür auf und drei Gestalten betraten diesen Raum, zwei Uniformierte, den Bewegungen nach zu urteilen wahrscheinlich Roboter, und ein blasser Mann, gekleidet in eine Art Schlafanzug. „Oh nein", fuhr es ihm durch den Kopf, „den kennst du doch! Haaalt! 15. Geburtstag!" Seine persönliche Sicherheitsschaltung griff ein: „Reiß dich zusammen und denke an deinen 15. Geburtstag!"

Wie von selbst schloss sich sein Mund, seine Kinnlade, die beim Erkennen der Person herunter geklappt war, hob sich wieder, sein Gesicht zeigte wieder seinen üblichen Ausdruck, ein vages Lächeln. Aber ein kleiner Teil seines Kopfes rechnete, zählte die Jahre zusammen, die vergangen waren. Mindestens 15 Jahre, wenn nicht noch mehr! „Mensch, Hellmuth!", wollte er rufen, aber wieder bremste ihn seine Ratio ab. Obwohl ... und dann kam es doch aus ihm heraus: „Mensch, Hellmuth, was machst du denn hier?"

Der Mensch im Anzug, Hellmuth, war bei dem ersten Ton zusammengefahren, drehte sich fassungslos zu der Glasscheibe, wollte dorthin, aber die beiden Roboter hatten im gleichen Moment zugepackt, hielten ihn fest, drehten sich aber und führten ihn, fast hoben sie ihn zu dem Stuhl vor der Glasscheibe, drückten ihn darauf. Der Mann im Schlafanzug, Hellmuth, ließ das mit sich geschehen, starrte nur gebannt zu ihm hin.

Die Person am Schaltpult regulierte irgendetwas nach, dann sagte sie: „Patient 4338, Sie können jetzt sprechen!"

Der Patient Nr. 4338 aber schluckte nur, mehrmals nacheinander, bekam keinen Ton heraus, starrte nur mit aufgerissenen Augen auf die Scheibe, schaute ihn an, als wäre er etwas Unglaubliches. Endlich riss er sich zusammen, hob seine Hand, klopfte an die Scheibe und krächzte: „Hallo, hallo, bist du echt?"

Rotiner schrak zusammen, so sehr hatte er auf diese Gestalt gestarrt, zurückgestarrt. „Hellmuth, was, mmmhhrrm", er konnte nicht anders, er musste sich räuspern, „was machst du denn hier drinnen?"

Hellmuth war bei diesen Worten zusammengezuckt, aber jetzt breitete sich so etwas wie ein Lächeln auf seinem Gesicht aus. „Roti, Roti, bist du das wirklich? Echt? Bist du kein Gespenst, keine Projektion? Bist du ein Mensch? Roti, Roti, du bist's wirklich!"

Hellmuth starrte ihn noch einen Augenblick an, legte er seine Hände vor sein Gesicht, schüttelte den Kopf, wieder und wieder. Rotiner konnte sehen, wie Tränen zwischen seinen Fingern sichtbar wurden, auf den Anzug tropften. „Roti, Roti, du bist es wirklich, Roti, Roti, Roti!" Rotiner konnte gar nicht anders, er klopfte gegen die Scheibe: „Hellmuth, hey, Hellmuth, was ist? Geht es dir nicht gut? Was ist mit dir? Sag doch was! Was machst du denn hier?"

Hellmuth sagte nichts, schüttelte noch immer seinen Kopf, stattdessen antwortete ihm die Person am Pult: „Herr Rotiner, der Patient 4338 hat hier Aufnahme gefunden, nachdem er versucht hat, eine Gruppe Menschen zum Widerstand gegen die Gemeinschaft aufzuwiegeln. Wir versuchen hier, ihn von seinen aufrührerischen Ideen abzubringen, haben bisher jedoch noch nicht den Erfolg, den wir uns, und ihm natürlich auch, wünschen!" Rotiner fuhr zu ihm herum: „Was, Widerstand gegen die Gesellschaft? Wie denn? Was hat er denn getan? Wie lange ist er denn schon hier drinnen?"

Einen Augenblick war Stille, dann kam eine Antwort: „Der Patient 4338 ist besonders widerspenstig und störrisch, daher musste er leider schon längere Zeit hier verbringen. Über seine Vergehen darf ich zurzeit nichts preisgeben, doch sind – nein – waren seine Verstöße so schwerwiegend, dass der Gesellschaft eine dauerhafte Verbringung in diesen Räumen angebracht schien."

Die Person drehte sich wieder zu dem Pult um, hantierte dort. Dann sprach sie wieder: „Ich darf Sie daran erinnern, worüber wir anfangs sprachen und was die Gesellschaft von Ihnen erwartet." Wieder hantierte er am Pult und sagte dann: „Sie können mit Patient 4338 weiterreden!"

Hellmuth hatte sich inzwischen mit seinem Ärmel über sein Gesicht gewischt, sah jetzt gefasster aus. Rotiner schaute ihn an, versuchte ein Gefühl für die Situation zu entwickeln. Bestimmt wurden sie auch hier vom Programm beobachtet, ihre Reaktionen studiert und analysiert, ihre Gefühle vom Programm verglichen und ausgewertet. Einerseits wollte er wissen, was sein Gegenüber getan hatte, um in eine solche Lage zu geraten, andererseits kämpfte sein Überlebensinstinkt gegen seinen Wunsch, Hellmuth zu helfen.

„Dein 15. Geburtstag! Denk an deinen 15. Geburtstag!", ratterte es durch seinen Kopf, immer wieder.

Nur langsam fasste er sich, seine Gedanken wanderten träge auf die Erinnerungen an seinen 15. Geburtstag zu, fanden einen Weg durch den Gedankensturm, der in seinem Kopfe tobte. Endlich, endlich fanden sie den Zugang und seine Miene änderte sich, wurde wieder glatter, ausgeglichener, beinahe heiter.

„Hellmuth, Hellmuth, erzähl doch mal. Was ist los? Was ist denn los mit dir? Komm, sag doch was!"

Trotzdem, irgendwie waren aber seine Gedanken immer noch gespalten, einerseits dachte er an das alte Erlebnis an seinem 15. Geburtstag zurück, das schimmerte wie durch Watte, hatte zwar die richtige Wirkung auf seine Stimmung, aber die Einzelheiten waren nicht exakt greifbar. Andererseits war ein Teil seines Aufnahmevermögens auf Hellmuth den Kollegen gerichtet, erfassten seine Kleidung, diesen Schlafanzug, ja, er sah genauso aus wie ein moderner Schlafanzug, allerdings mit Bändern an den Ärmeln, Bändern, die so lang waren, dass sie aus den Ärmeln hingen.

Aber das Faszinierende an der Gestalt da vor ihm war das Gesicht, besonders die Augen. Diese glänzten, ja, die glänzten, als würden sie von innen angestrahlt, als würden sie von innen heraus leuchten. Sah so ein Wahnsinniger aus? Nein, kein Wahnsinn, entschied er, das war eine Art Freude, Hoffnung, ein Wiedererkennen, ein Wiedereintauchen in ein Gespräch zwischen Menschen.

Ein rascher Blick zu den zwei Gestalten, die Hellmuth festhielten. Ja, das waren Roboter, zwar mit Riesenfestplatten ausgestattet, die bestimmt direkten Zugang zum Programm hatten und somit für fast alle Situationen gerüstet waren, aber eben nur Roboter, mechanisch-elektronische Gestalten ohne Gefühle und ohne Ideen. „Komm, beruhige dich erst mal und dann erzähl, was los ist!"

Rotiner hatte sich wieder fest im Griff, zeigte ein interessiertes Gesicht, zeigte, dass er mit dieser Situation fertig werden konnte, fertig wurde. Auch Hellmuth richtete sich etwas auf und dann schossen die Fragen los, prallten gegen die Glasplatte, wurden aufgefangen und auf der anderen Seite der Glasplatte wiedergegeben. „Welcher Tag, welche Woche?" Naja, Rotiner konnte sich vorstellen, dass hier jeder Tag gleich aussah, aber als Hellmuth nach dem Monat und auch noch nach dem Jahr fragte, runzelte er die Stirn. „Konnte es sein, dass Hellmuth schon so lange hier war? Hier in dieser Erziehungs- denk an deinen 15. – Anstalt – Neiiin, denk doch an deinen 15., deinen 15. Geburtstag!?"

Und dann: Erschrecken! Was hatte Hellmuth gerade gesagt? „Und so bist du der erste Mensch seit zwei Jahren, mit dem ich rede!" Waaas? Zwei Jahre nur Kontakt mit Robotern?! Keine Menschen?

„Wie? Du hast keinen Kontakt mit Menschen? Gar keinen? Gibt es da drinnen denn nur dich?" Rotiner hatte es hervorgestoßen, atemlos, ungläubig! Und gleich setzte sein Mantra wieder ein: „Denk an deinen 15. Geburtstag! Auf!! Oder den 17. Geburtstag!" Aber trotzdem: Seit zwei Jahren keinen Menschen! Kein Wunder, dass Hellmuth fast zusammengebrochen war, als er ihn erblickte! Zwei Jahre! Nein, nicht nur zwei Jahre eingesperrt, nein, zwei Jahre praktisch Einzelhaft!

Hier schaltete sich die Gestalt am Pult wieder ein: „Patient Nr. 4338 hatte während dieser Zeit Zugang zu allen Verrichtungen, die vorgesehen und notwendig sind. Allerdings wurde er aufgrund seiner Einstellung von weiteren Zusammenkünften mit anderen Menschen abgehalten, da er diese negativ hätte beeinflussen können. Solange diese Einstellung sein Handeln steuert, sieht es das Programm als zwingend notwendig an, weitere Kontakte mit anderen Menschen weitestgehend zu unterbinden."

Rotiner drehte seinen Kopf, starrte diese Person an, konnte nicht glauben, dass so etwas von einem Menschen geäußert worden war. War dies denn noch ein Mensch oder war dies ein künstlicher Mensch, ein Android oder ein Roboter, ein programmgesteuerter Automat? Hatte da nicht jemand in irgendeiner der Sendungen des Programms davon gesprochen, dass es jetzt schon Menschen gab, die einen Chip im Hirn eingepflanzt bekommen hatten, einen Chip, der es ihnen ermöglichte, mehrere Sprachen ohne viel Lernarbeit zu sprechen? Vielleicht enthielt so ein Chip auch die Verbindung zum Programm!

Stand da vielleicht so ein „digitaler Mensch" – ja, so war der Ausdruck im Programm gewesen – vor ihm und hatte der vielleicht auch schon einen Chip im Kopf, der es ihm erlaubte, ohne Emotionen zu arbeiten, bei Bedarf sofort Kontakt mit dem Programm herzustellen? Einen Menschen, der nur dem Programm und seinen elektronischen Verbindungen verpflichtet war, nicht mehr seinem Gewissen?

„Mensch, Rotiner, denk an deinen 15. Geburtstag, unbedingt, sonst kommst du hier nicht mehr raus, dann wirst du ein Nachbar von Hellmuth! Ein unbekannter Nachbar! Denk an deinen 15.!"

Sein antrainierter Denkmodus war zwar noch hörbar, aber der wurde überlagert von der Erkenntnis, dass er möglicherweise einem solchen „digitalen Menschen" gegenüberstand! Einem Zwitterding, einem Menschen, der körperlich zwar noch ein Mensch war, der aber vielleicht keinen eigenen Willen mehr hatte, sondern nur noch auf das Programm reagierte! Der das tat, was das Programm ihm eingab!

Die nächste halbe Stunde verbrachten Rotiner und Hellmuth mit Standardfragen und Antworten, denn sobald eine kritische Frage gestellt wurde, egal von wem, unterbrach die Person am Steuerpult mit: „Dies ist eine unzulässige Frage laut Erziehungsverordnung Teil 4, Seite 141".

Dieser Satz kam mit einer gewissen Regelmäßigkeit und mit dem immer gleichen Wortlaut, sodass Rotiner überzeugt war, einem menschenähnlichen Roboter, nicht einem „digitalen Menschen" gegenüberzustehen.

Eigentlich waren nur Standardfragen zulässig, trotzdem konnte Rotiner den Antworten doch einiges entnehmen. Und obwohl manche Antworten zwei- oder mehrdeutig waren, recht eindeutig für Menschen, so waren diese Antworten doch kein Grund zum Einschreiten der Person am Steuerpult. Wenn also Hellmuth auf die Frage nach dem täglichen Ablauf, anscheinend eine geduldete Frage, eine ganz besondere Betonung auf die Regelmäßigkeit jeden Tages legte, so erkannte die Person am Steuerpult nicht die Möglichkeiten von damit einhergehenden Schlussfolgerungen. Also war diese Person allem Anschein nach ein Roboter, ein sehr genau gearbeiteter, aber einer, der nicht auf den ersten Blick als Roboter erkennbar sein sollte. Hellmuth erzählte auch von seiner Festnahme und von seiner Verhaftung.

„Ich kam damals direkt aus New York, vielleicht kannst du dich erinnern, das war gerade an dem Tag, als im Flughafen die Aufnahmegeräte ausgefallen waren. Ich hatte nur einen Schritt aus dem Flughafen gemacht, da kamen aus einem Wagen, der da parkte, drei Roboter, die haben mich aufgehalten, meine Koffer geschnappt, und dann sind sie mit mir direkt hierher gefahren!" Er erzählte noch weiter bis zu dem Punkt, dass er verhört werden sollte. Rotiner warf zwischendurch einen Blick auf den Mann am Pult, aber anscheinend durfte Hellmuth diese Episode erzählen, denn es kam kein Einspruch. Nur als Hellmuth die Verhöre schildern wollte, kam wieder der übliche Einwand mit Hinweis auf die Erziehungsverordnung.

Am Ende, aus der halben Stunde war weit über eine Stunde geworden, bat ihn Hellmuth dringend, baldmöglichst wiederzukommen, Rotiner sagte dies, nach einem fragenden Blick auf die Gestalt am Schaltpult und deren Antwort, einem leichten Nicken, zu. Dann erhob sich Hellmuth, wollte sich umdrehen, aber seine Roboterbegleiter waren schneller, hatten ihn erfasst, drehten ihn um und führten ihn aus dem Raum. Rotiner konnte nur noch einen kurzen Blick von Hellmuth erhaschen, einen Blick, der ihm durch Mark und Bein ging. Der Blick erzählte etwas von Hoffnung, Vertrauen, fast Freundschaft, aber es war auch Ungeduld dabei und auch etwas, das Rotiner nicht exakt definieren konnte. War das Erwartung gewesen oder eine Einladung? Wozu konnte ihn denn Hellmuth einladen, hier in diesem Gemäuer?

Er wollte gerade auch aus dem Raum gehen, da hielt der Uniformierte ihn auf.

„Herr Rotiner, Sie erinnern sich doch an meine Worte vor diesem Gespräch. Wir erwarten von Ihnen, dass Sie sich aufgeschlossen gegenüber Patient 4338 zeigen, aufgeschlossener, als Sie sich heute gezeigt haben. Die Gesellschaft erwartet dies von Ihnen! Bringen Sie beim nächsten Mal das Gespräch auf die Tätigkeiten, die der Patient 4338 vor seiner Einlieferung ausübte, auf die Personen, mit denen er in Kontakt stand, auf die Materialien, die er ... – ach, nein, das wissen wir ja! Aber auch das Wissen um die persönliche Einstellung des Patienten 4338 zu der Gesellschaft ist für uns von großem Nutzen. Erinnern Sie sich beim nächsten Mal an diese Punkte. Sie werden bald wieder von uns hören und eine neue Einladung erhalten!"

Mit diesen Worten, diesen Ermahnungen, entließ ihn der Uniformierte, die Tür schwang auf und Rotiner stand auf dem Gang.

Seine wirren Gedanken ließen ihn nur zögernd den Weg zum Ausgang finden, fast hätte er sich verlaufen. Auch auf dem Weg zu seiner Wohnung musste er immer wieder daran denken, wie es wäre, wenn er zwei Jahre lang nur mit Robotern, nicht mit Menschen sprechen dürfte.

Auch in dieser Nacht plagten ihn Alpträume, teilweise schlimmere als in der Nacht zuvor. Am nächsten Morgen stand er recht früh auf, zwar ziemlich zerschlagen, aber das war besser, als sich schlaflos im Bett zu wälzen und darüber nachzudenken, wie er seinem früheren Kollegen Hellmuth helfen könnte.

Sein Frühstück bestand hauptsächlich aus mehreren Tassen starken Kaffees und zwei Kopfschmerztabletten, die er noch von früher hatte und die ihm etwas halfen, den Tag zu beginnen, aber er beschloss trotzdem, einen seiner Spaziergänge zu machen. Er machte seine tägliche Verbeugung vor dem Programm und zog, weil das Wetter heute wechselhaft werden sollte, seine Windjacke an und so lief er los, nahm sich vor, bis zur Mittagszeit kreuz und quer durch den Ort zu laufen. Das würde seinen Gesundheitswert wieder etwas nach oben schieben, das Programm würde dies anerkennen, ja, anerkennen müssen. Obwohl, eigentlich wurden die Menschen ja dazu angehalten, sich in Fitnessclubs sportlich zu betätigen, möglichst in Gesellschaft. Allein spazieren zu gehen wurde nicht so gern gesehen, das hatte er im Programm mitbekommen. Der Wind war böig, aber frisch, blies seine immer noch durcheinanderwirbelnden Gedanken aus seinem Kopf, besonders, als er den recht steilen Anstieg zum Mittenberg, dem recht nah gelegenen Hügel neben seinem Wohnort, in Angriff nahm. Er ging nicht bis oben hin zur Aussichtsplattform, er wollte nicht in den dort installierten Erfassungsgeräten wieder einmal als Einzelgänger erscheinen, was dem Programm gemeldet werden und ihm sogleich wieder Negativpunkte einbringen würde.

Einzelgänger waren ganz generell gegen die Gesellschaft, gegen die heutige Gesellschaft, die versuchte, alle Personen einzubinden, alles über die einzelnen Personen in Erfahrung zu bringen, diese in ein bestimmtes Schema einzuordnen.

Er versuchte, zwischen den Bäumen hindurch zur Aussichtsplattform hinauf zu spähen, denn er hörte von dort Stimmen, mehrere, zwar leise, aber unverkennbar und irgendwie bekannt. Seine Neugier zwang ihn, noch näher zu schleichen, noch ein bisschen näher. Jetzt konnte er durchs Gebüsch hindurch ein paar Gestalten erkennen. Die einen waren wohl ein paar ältere Leute, noch ein bisschen älter als er, die mal wieder diesen Platz besuchten. Aber das andere Pärchen, ihm blieb der Mund offen stehen, das andere Pärchen kannte er, kannte er gut. Das war – tatsächlich! – das war seine Nichte, und den Mann kannte er auch, das war der Sportliche von seinem Vertrauenskörperteam! Der, der mit ihm, ohne Voci, geplaudert hatte. Was taten die denn da? Äh, naja, blöde Frage, die trafen sich dort, um miteinander zu reden. Oh, und nicht nur zu reden! Die hielten sich doch tatsächlich an den Händen! War das denn die Möglichkeit? Die beiden!?! Die hätten doch die Möglichkeit, im Programm ...? Aber es stimmte, so wie er seine Nichte einschätzte, war die doch eher der Typ, der sich privat mit jemandem verabredete, nicht jemand, der sich im Programm, wo jeder zusehen und zuhören konnte, mit einem anderen über private Dinge ausließ.

Das war ja ein Ding! Also war auch der junge Kerl doch nicht ganz so ans Programm gebunden, wie er das von einem Vertrauenskörpermitglied eigentlich erwartete. Oder musste er jetzt auch bei Gesprächen mit seiner Nichte vorsichtig sein, seine Worte besser wählen? Vorsichtig zog er sich zurück, ging in Gedanken versunken zu seiner Wohnung.

Es dauerte noch fast zwei Stunden, bis es wieder bei ihm klingelte. Sein Türmonitor zeigte seine Nichte und als er öffnete, sah er sie tatsächlich dort stehen, allein, ohne Begleitung. Ach so, ja, der junge Mann war mit der Essensverteilung beschäftigt, musste ja möglicherweise wieder für den defekten Essensroboter einspringen.

Er bat seine Nichte herein, sie setzten sich an den Küchentisch und unterhielten sich über alles Mögliche.

Auf seine Frage hin, wieso sie eigentlich schon wieder bei ihm zu Besuch wäre, kam eine unerwartete Antwort: Sie hätte sich überlegt, vielleicht hier in die Gegend zu ziehen, ihr würde es dort, wo sie zurzeit wohne, nicht mehr so gut gefallen und das Programm hätte, so habe es den Anschein, nichts gegen einen Umzug einzuwenden, also seien auch ihre Vertrauenskörperleitung und die Leute an ihrem Arbeitsplatz damit einverstanden.

Auf seinen Einwand hin, sie habe dann aber einen viel längeren Weg zur Arbeit, erwiderte sie, das würde ihr überhaupt nichts ausmachen, das wäre doch nur eine halbe Stunde mehr, und die würde sie gern in Kauf nehmen. Vielleicht fände sie ja auch hier eine Arbeit, die ihr mehr gefallen würde, denn an ihrem jetzigen Arbeitsplatz, da wären ja hauptsächlich sture Blechköpfe, die nicht nach links und rechts schauen könnten, die fast schon selbst wie Automaten arbeiten würden. Sie habe darum eine Auszeit genommen, deshalb könnte sie seit zwei Tagen hier herumstrolchen. Und mit einem Augenzwinkern fügte sie hinzu: „Und dich wieder mal besuchen!"

„Ja, das ist schön!", antwortete er und ein lang vermisstes Gefühl durchflutete ihn: Wie sehr hatte er ihre kritische Einstellung vermisst, ihre Gedankensprünge, ihr schnelles und pfiffiges Denken!

Doch sogleich kamen auch wieder seine Vorsichtsgedanken: „Achtung! Solltest du denn nicht etwas vorsichtiger sein, wenn du mit ihr sprichst? Du hast sie doch mit diesem Typen vom Vertrauenskörper gesehen! Was, wenn sie dem jedes Wort mitteilt?"

So meldete sich sein Verstand, aber sein Herz hatte anscheinend immer noch eine Ecke in seinem Gehirn besetzt und widersprach: „Komm schon, wenn du gegen jeden und gegen alle so misstrauisch bist, dann kannst du gleich einpacken und dich in die Kiste legen! Sie ist doch deine Nichte!"

Deswegen versprach er ihr auch, sie zu informieren, wenn er etwas über eine leere Wohnung erfahren würde. Mit einem Lächeln erklärte er ihr, dass sie darüber vielleicht mit einem seiner Vertrauenskörperleute reden sollte, worauf seine Nichte nickte und meinte, jaa, das könne nicht schaden.

Bald darauf verabschiedete sie sich wieder, nicht ohne ihn darauf hinzuweisen, dass sie ihn vielleicht auch morgen besuchen würde.

„Halt", rief er ihr noch zu, „kommst du auch wieder zum Essen? Dann würde ich dir etwas bestellen!"

Da blieb sie in der Tür stehen und sagte: „Gute Idee! Mal sehen, was sie hier unter einem Nudelauflauf verstehen!" Dann war sie verschwunden.

Der nächste Morgen unterschied sich etwas von seinem üblichen Erwachen. Eine innere Spannung, eine Erwartung ließ ihn etwas früher als üblich aufstehen, er erledigte seine Morgentoilette mit besonderer Sorgfalt. Ein Besuch, auch ein Besuch von seiner Nichte, das war schon etwas Besonderes.

Nach seiner morgendlichen Verbeugung vor dem Programm wurde das Frühstück wie üblich von einem Essensroboter gebracht, fast war er enttäuscht, ja, er vermisste schon den sportlichen Typ seines Vertrauenskörpers. Nach dem Frühstück saß er da und wartete, schaute aus dem Fenster und wartete. Mochte der Emissiac dies für eine ungewöhnliche Handlung halten, das war ihm egal. Oder doch nicht?

Er ging zu seiner Schlafnische hinüber, schaltete sich in irgendeine Sendung hinein und blieb dort, bis ein Signalton ertönte. Ja, er hatte sich in der Sendung bemerkbar gemacht, aber in seinem Gedächtnis war keine der Antworten geblieben, die er automatisch gegeben hatte. Aber der Signalton weckte ihn auf, holte ihn aus seiner selbstverordneten Apathie heraus. Da war sie! An der Tür!

Er ging beschwingten Schrittes zur Tür und öffnete. Aber nein, es war der Sportliche, nicht seine Nichte! Seine Enttäuschung musste ihm anzumerken sein, der Sportliche schaute ihn verdutzt an und sagte: „Ist sie denn noch nicht da?"

Wer mit „sie" gemeint war, war wohl klar. Rotiner schüttelte den Kopf. „Nein, noch nicht! Wieviel Uhr ist es denn?"

Es war kurz vor Mittag, vielleicht noch etwas zu früh.

„Wenn es Sie nicht stört, warte ich noch ein paar Minuten, und wenn sie dann noch nicht da ist, komme ich nochmals später vorbei!", meinte der Sportliche, ging in Richtung Küche und setzte sich dort auf einen freien Stuhl.

Rotiner nahm ihm gegenüber Platz. Eine Zeit lang schwiegen beide.

Rotiner dachte über den Sportlichen nach. Es war schon auffällig, dass dieser schon so früh bei ihm vorbeischaute und dann noch die Frage stellte: „Ist sie denn noch nicht da?" Das klang ein bisschen nach Verantwortungsgefühl, nach Sorge, nach ... ja, nach Verliebtheit! Sollte das denn wirklich auf die beiden heruntergeprasselt sein wie der sprichwörtliche Monsunregen? Eigentlich kaum vorstellbar, seine aufmüpfige Nichte und dieser, dieser Mensch des Vertrauenskörperteams! Obwohl, manchmal trafen ja wirklich zwei Welten zusammen, unversehens, ungeplant und dann mussten diese schauen, wie sie mit den Gegebenheiten fertig wurden, ob sie mit den Gegebenheiten fertig werden konnten. Vielleicht war dies einer dieser Momente!

Er überlegte noch, als es plötzlich klingelte und der Sportliche aufsprang, einen Augenblick lang stockte, dann einen Blick auf ihn, den Besitzer der Wohnung, warf und sich langsam wieder niederließ. Rotiner war auch aufgestanden, drehte sich mit einem Lächeln im Gesicht zum Flur, schaute auf den Monitor und ließ den erwarteten Besuch, seine Nichte, herein.

Diese strahlte ihn an, ein Strahlen, das nicht nur ihm, aber auch ihm galt und ihm das Herz erwärmte wie ein Kaminfeuer an einem kalten Wintertag.

Und dann saßen sie zu dritt in der Küche, er hatte wie gewünscht zwei Nudelaufläufe bestellt, einen für seine Nichte und einen für sich, der Sportliche wollte nichts essen. Und sie schwiegen! Alle beide! Schwiegen sich an. Aber es war ein sprechendes Schweigen, ihre Augen waren dafür umso beredter.

Später, nach dem Mittagsessen, saßen sie zusammen, unterhielten sich über alles Mögliche, ihre Arbeit, ihre Vorlieben, ihr bisheriges Leben. Rotiner hielt sich dabei zurück, er hörte ja eher gerne anderen zu, als selbst Reden zu schwingen.

So erfuhr er, manchmal auch dadurch, dass etwas nicht gesagt wurde, dass beide etwas querköpfig waren, nicht immer sofort der gleichen Meinung waren wie alle andern Personen in ihrer Umgebung oder im Programm. Dass sie sich sowieso etwas gegängelt fühlten, allein schon dadurch, dass das Programm eingeschaltet war, auch wenn das Programm ihnen ihr Verhalten, ihre Meinung nicht exakt vorschrieb.

Aber anscheinend war für sie allein schon die permanente Überwachung – nein, dieses Wort fiel nicht – sie wussten ja, dass auch in der Küche alles gehört und gesehen wurde, diese permanente Anwesenheit einer Aufnahmestation war für die beiden schon eine Behinderung.

Sie gaben beide, so hörte er aus ihrem Reden heraus, nicht oder nicht immer ihre persönlichen Befindlichkeiten preis, sie gaben sogar anscheinend ziemlich häufig die Antworten, die die Allgemeinheit, die die anderen Programmteilnehmer als adäquat empfanden, die diese zufriedenstellten, obwohl sie persönlich andere Vorstellungen hatten.

Oh je, oh je, hoffentlich hörte diesmal das Programm nicht so genau hin, obwohl, ja, doch, plötzlich merkte er, dass dieses Gespräch ihm Vergnügen bereitete, jedes Wort, jeder Satz konnte mehrfach gedeutet werden, hatte mehrere Ebenen, war vielschichtig. Nach dem Essen redeten sie noch eine Weile, dann rief die Arbeit den Sportlichen weg und auch seine Nichte verabschiedete sich mit den Worten: „Lieber Onkel, ich hoffe, du hast dich doch hoffentlich nicht allzu sehr gelangweilt. Ich – wir – dürfen doch noch mal wiederkommen, oder?"

Seine Antwort: „Selbstverständlich, ich würde mich sehr freuen!", wurde mit einem intensiven Blick und einem strahlenden Lächeln beantwortet. Von da an kamen sie häufiger, trafen sich in seiner kleinen Wohnung, meist zur Mittagszeit. Inzwischen hatte seine Nichte auch eine eigene Wohnung in der Nähe gefunden, ein Glücksfall, bei dem der Sportliche, so vermutete er, ein bisschen nachgeholfen hatte. Aber die war laut seiner Nichte noch nicht so ganz salonfähig, musste noch eingerichtet und möbliert werden, deshalb trafen sie sich weiterhin in der kleinen Wohnung von Rotiner. Ihre Gespräche wurden persönlicher, intensiver, es war, als hätte jemand in seinem Leben einen Schalter umgelegt von „Einzelperson" auf „Familie".

Dann kam der denkwürdige Tag, an dem sie sich über Roboter und das Programm unterhielten. Auslöser für das Gespräch war der defekte Essensroboter gewesen. Rotiner hatte sich bei dem Sportlichen nach dem Erfolg der Reparatur erkundigt und der Sportliche hatte ihm mitgeteilt, dass die Reparatur doch länger als erwartet gedauert hätte. Diese Blechkästen, so der Sportliche, die hätten zwar eine recht stabile Blechhaut, aber leider auch eine recht unstabile Einstellung zum Überleben. Sie hätten halt keinen Überlebenswillen! Dieser besondere Roboter wäre aus irgendeinem Anlass ins Straucheln geraten und hätte dadurch mit seinem Bein einen Pfeiler touchiert. Dabei wäre die Ladebuchse, die sich am unteren Ende seines Beins befindet, zertrümmert worden, es hätte einen Kurzschluss gegeben und diese Blechkiste wäre einfach stehen geblieben. Normalerweise wäre diese Ladebuchse ja einigermaßen gut gesichert, aber bei diesem Unfall wäre zuerst durch einen unglücklichen Zufall der Auslöseknopf neben der Buchse getroffen worden und die Buchse wäre zerbröselt und dann sei auch noch eine Gabel, eine Kuchengabel, die bei dem Stoß heruntergefallen wäre, vom Boden zurückgeprallt, zwei Zinken der Gabel wären genau zwischen die Anschlussdrähte geraten und hätten dadurch einen Kurzschluss verursacht. Tja, und so wäre er für den Roboter eingesprungen und hätte dadurch seine Nichte kennengelernt.

Danach unterhielten sich die drei vergnügt über die Unterschiede zwischen Robotern und Menschen, seine Nichte erzählte, wie sie sich einmal ihren Knöchel angestoßen hatte und daraufhin auf einem Bein durch ihr Zimmer gehüpft wäre. Der Sportliche meinte daraufhin, das wäre der Unterschied, der Mensch hüpfe, der Roboter bleibe stehen!

Rotiner fragte weiter, wollte wissen, was denn aus dem Kuchen geworden sei, der doch bestimmt auch etwas bei dem Unfall abbekommen habe, und die Frage kam auf, was passieren würde, wenn er einmal nur so aus Jux ein richtig feudales Menü im Programm bestellen würde. Der Sportliche antwortete: „Es stimmt, man kann nicht nur aus den drei Menüvorschlägen das Passende auswählen, es gibt manchmal auch die Möglichkeit, sich ein Menü frei zusammenzustellen. Naja, wenn das Programm es akzeptiert, weshalb sollte es dann nicht geliefert werden? Natürlich nur vom Essensroboter, denn wenn ich es zu liefern hätte, dann käme nur noch der Nachtisch an, der Rest wäre auf dem Weg von der Essensausgabe bis zu dieser Wohnung schon in meinem Bauch verschwunden!"

Erst hatte Rotiner mit den beiden zusammen über diesen Ausspruch gelacht, aber dann war er doch etwas nachdenklich geworden. Wenn das Programm es akzeptiert! Das Programm würde, wenn er jetzt so etwas bestellen würde, das nicht akzeptieren! Warum nicht? Weil dies ein so extremer Unterschied zu seinen normalen Bestellungen wäre! Und weil dies sein monatliches Versorgungskonto stärker belasten würde. Was aber würde geschehen, wenn er langsam, ganz langsam seine Essensgewohnheiten ändern würde, jeden Tag seine Essensbestellung ein ganz klein bisschen anspruchsvoller gestaltete? Sicher, das hätte seinen Preis, aber würde es überhaupt funktionieren?

Sie diskutierten über diese Fragestellung, überlegten, ob sich das Programm austricksen ließe. Sie beschlossen sogar, das auszuprobieren. Erst als die beiden gegangen waren, durchfuhr es ihn heiß. Der Angstschweiß brach ihm aus! Sie hatten darüber gesprochen, das Programm in die Irre zu führen, aber der Emissiac in seiner Küche nahm das alles doch auf!

Jedes Wort!

Jedes einzelne verdammte Wort von jedem!

Den ganzen restlichen Tag lief er wie in einem Käfig herum und fragte sich, wann sein Vertrauenskörperteam oder vielleicht sogar eine Gruppe Roboter von der Erwachseneneerziehung bei ihm auftauchen würde, um ihn zu einem Verhör mitzunehmen, ihn vielleicht sogar in das gleiche Gebäude zu bringen wie das, in dem sein ehemaliger Kollege seine Tage verbrachte.

Abends ging er ohne sein Abendbrot schlafen, starrte noch stundenlang die Decke an, achtete auf jeden kleinsten Klingelton. Sein unruhiger Schlaf erschöpfte ihn eher, seine Angstträume ließen ihn immer wieder schweißnass im Bett hochfahren.

Als am Morgen nach seinem Verbeugungsritual zu Ehren des Programms der Essensroboter kam und ihm zusätzlich zu seinem Frühstück auch noch ein paar Beruhigungstabletten anlieferte, anscheinend war sein unruhiger Schlaf vom Programm registriert worden, war er so erfreut, dass er dem auch noch ein „Danke! Vielen Dank!" nachrief, einem Roboter!

Wie war das möglich? Sie hatten sich darüber ausgelassen, das Programm zu betrügen, das Programm registrierte das und unternahm trotzdem nichts!! Das Programm, das sonst alles, aber auch alles speicherte! War das dem Programm egal? Wurde so etwas häufiger gemacht, so dass das Programm dies ignorierte? Nein! Nein, so etwas würde das Programm, so wie er dies verstand,

nicht ignorieren! Hier war etwas anderes im Spiel, etwas, das er im Augenblick nicht verstand!

An diesem Tag meldete sich wieder sein Emissiac und
forderte ihn auf, sich möglichst noch heute Nachmittag
im Erziehungshaus einzufinden.

Zum Mittagessen kam heute niemand, weder seine
Nichte noch der Sportliche. Einerseits war er erleichtert,
dass ihm dadurch eine ruhige Mittagszeit gegönnt war,
andererseits brannten ihm aber ein paar Fragen unter
den Nägeln. Wie zum Teufel konnte es sein, dass das
Programm sich nicht meldete? Dass das Programm dieses gestrige Gespräch ignorierte? Oder war die Aufforderung, ins Erziehungshaus zu kommen, eine besondere Art und Weise, seiner habhaft zu werden? Waren die
beiden vielleicht schon längst dort gelandet, nur wusste er, Rotiner, noch nichts davon?

Von solchen Fragen gequält, meldete er sich im Programm an, versuchte, seine Nichte zu erreichen. Es dauerte einige Zeit, bis sie sich meldete und diese Wartezeit
zog sich für ihn viel zu lange, trieb ihm den Schweiß
auf die Stirne. Als sie sich endlich doch meldete, starrte er sie ganz verblüfft an und brachte im ersten Moment keinen Ton heraus. Erst ihr sorgenvolles „Was
ist denn, Onkel? Geht es dir nicht gut?", drang in seine Gedanken. „Doch, doch, mir geht es gut!", stotterte
er, „ich wollte dir nur sagen, dass ich heute Nachmittag einen Besuch machen muss, einen Besuch im Erziehungshaus. Falls du also vorhattest, mich zu besuchen, kann sein, dass ich dann nicht da bin. Wie lang
der Besuch dauert, weiß ich nicht, beim letzten Mal hat
es alles in allem so zirka zwei Stunden gedauert. Nur
damit du Bescheid weißt!"

„Ach so! Ich hatte schon Angst, dass … Aber danke, dass du mir das gesagt hast. Wir können nach deinem Besuch dort miteinander sprechen. Ansonsten sehen wir uns wieder morgen, morgen Mittag, wenn du mit meinem Besuch einverstanden bist!"

Sie klang erleichtert, auch wenn ihrem Gesicht diese Erleichterung nicht anzusehen war.

Dieser zweite Besuch im Erziehungshaus glich anfangs dem ersten. Er musste die Nummer 4338 beim Empfang nennen, bekam seinen Streifen, ging hinauf in den Raum 338 und händigte dem dort wartenden Roboter oder Robot-Menschen diesen aus. Wieder wurde er darauf hingewiesen, dass es für das Programm, diesem „Stellvertreter der Menschheit", wichtig wäre, zu erfahren, was der Patient 4338 über das Programm dachte, bevor …

Nach diesem „Bevor …" unterbrach der Robot-Mensch, fuhr nach einem Augenblick der Stille fort: „Sprechen Sie mit dem Patienten und bringen Sie die Sprache auf das Programm." Nach einer kurzen Weile wurde sein früherer Arbeitskollege gebracht, wieder von zwei Robotern begleitet. Rotiner hatte auch diesmal den Eindruck, dass sich Hellmuth ganz außerordentlich freute, ihn zu sehen. Aber da war auch noch etwas Anderes. Ganz deutlich, Hellmuth hatte Angst. Ja, Hellmuth war glücklich über seinen Besuch, aber er hatte auch Angst davor! Wieso? Wusste er, dass Rotiner ihn auszuhorchen versuchte, versuchen musste?

Sie unterhielten sich eine Zeitlang über Alltägliches und Rotiner versuchte, das Gespräch auf das Programm zu bringen, aber Hellmuth, vielleicht, weil er die Absicht durchschaute, ging nicht auf die Anregungen ein.

Nur kurz vor dem Ende der Besuchszeit, da geschah etwas, mit dem Rotiner nicht gerechnet hatte. Er hatte gerade, nein, nicht gefragt, sondern eher laut überlegt, wann er Hellmuth wieder besuchen dürfe, und da senkte Hellmuth seinen Kopf und sagte kaum hörbar: „Nein, Roti, so wirst du mich nie wieder sehen!" Dann zuckte sein Kopf nach oben und er schrie los: „Sie wollen mich operieren, mir etwas in den ..." Ein spitzer Schmerzensschrei! Noch einer! Die beiden Begleitroboter hatten Hellmuth gepackt, einer hatte blitzschnell eine Art Atemmaske in der Hand, die er Hellmuth vors Gesicht hielt und mit der anderen Hand seinen Kopf in die Atemmaske presste. Noch ein Schrei, Rotiner hörte etwas wie „Implantier" aus diesem Schrei heraus, dann wurde Hellmuths Körper schlaff und die beiden Roboter schleppten Hellmuth aus dem Raum.

Rotiner war bei den Schreien zusammengezuckt, starrte durch die Scheibe, bis er Hellmuth nicht mehr sehen konnte. Erst als die Figur neben ihm am Schaltpult sich meldete, wandte er sich um. „Wie Sie soeben sehen konnten, ist der Patient 4338 eher eine Gefahr für sich selbst als für die Gesellschaft. Wir werden uns, und dessen seien Sie versichert, gebührend um ihn kümmern. In Kürze erhält er ein Mittel, das seine Ausbrüche minimieren, ja sogar komplett unterdrücken wird. Wir bedanken uns bei Ihnen und wünschen Ihnen einen guten Tag."

Solcherart entlassen fand auch diesmal Rotiner den Weg zurück zum Ausgang nicht sogleich, ihm ging zu viel im Kopf herum. Immer noch hörte er die Schreie seines ehemaligen Arbeitskollegen: „Sie wollen mich operieren, mir etwas in den ..." und dann noch: „Implantier ..."

Die Schritte von Rotiner wurden langsamer, etwas für ihn Unfassbares bildete sich in seinen Gedanken. Die wollten Hellmuth operieren, ihm etwas implantieren! Und wo implantiert man etwas bei einem Menschen? Dort, wo ihm etwas fehlt oder wo er Unterstützung benötigt. Und wo braucht ein Mensch, ein nicht angepasster Mensch, ein widerspenstiger Mensch nach Ansicht des Programms Unterstützung? Unterstützung bei der Anpassung? Nein, nein, so einer brauchte eher eine Anpassung an das Programm, eine Verbindung des Programms mit seinen Gedanken, in seinem Kopf! Die wollten Hellmuth etwas in den Kopf implantieren, was ihn zu einem angepassten, willfährigen Mitglied der Gemeinschaft machen sollte!

War er dann überhaupt noch ein Mensch? Zu einem Menschen gehört doch ein freier Wille! Wenn Hellmuth dann keinen freien Willen mehr hat, was war er dann? Ein Zombie? Ein Automat? Ein Roboter?

Rotiner blieb tief in Gedanken versunken stehen. Um ihn herum liefen die Leute, manche stupsten ihn an, weil er direkt vor dem Ausgang stand. Ein besonders kräftiger Knuff in seinen Rücken trieb ihn weiter und plötzlich stand er vor der Tür. Fast wäre er die zwei Treppenstufen zu dem kleinen Platz vor dem Erziehungshaus heruntergestolpert, er konnte sich gerade noch am Geländer festhalten. Aber dieser Schreck hatte die Wirkung, dass er seine Umgebung wieder bewusst wahrnahm

„Weitergehen, einfach weitergehen", sagte ein Teil seines Gehirns. So lief er weiter, erst geradeaus, dann ganz unbewusst mal rechts, mal links, grad so, wie es seinen Beinen gefiel. Und seinen Beinen gefiel es, wie vor einigen Tagen wieder zum Mittenberg hinaufzusteigen. Die körperliche Anstrengung tat ihm gut, er wurde innerlich ruhiger. Dieses Mal sah er nur vereinzelt Leute, die er teilweise flüchtig kannte. Als er die Aussichtsplattform sah, fiel ihm wieder seine Nichte ein: Vielleicht wollte sie ihn gerade jetzt besuchen!

Er ging auf dem kürzesten Weg wieder zurück zu seiner Wohnung, aber leider traf er weder seine Nichte noch den Sportlichen an. Also würde er frühestens morgen Mittag mit ihr oder sogar mit beiden reden können.

Der Rest des Tages zog sich dahin, Rotiner saß am Fenster und starrte nach draußen, ohne etwas zu wahrzunehmen. Als es dunkel wurde, ging er zu Bett, aber das Einschlafen ließ lange auf sich warten. Erst in den frühen Morgenstunden döste er ein, wachte aber immer wieder auf. Das Schicksal seines früheren Arbeitskollegen ließ ihn nicht los. Als der Morgen dämmerte, stieg er müde und erschöpft aus seinem Bett. Beim Verbeugungsritual wäre er fast vornüber gefallen, so k.o. war er. Der Essensroboter brachte ihm außer dem Frühstück auch noch etwas gegen Kopfweh und ein Aufputschmittel. Da hatte bestimmt das Programm seine miese Stimmung von gestern und heute Nacht registriert. Klar, der Emissiac ließ sich ja nicht abschalten und meldete permanent seinen Zustand, Tag und Nacht!

Die Stunden bis zum Mittag vergingen, wie Gummi dehnten sie sich.

Rotiner starrte gedankenverloren aus dem Fenster, zum Basteln hatte er keine Lust, zu aufgewühlt war er von den Ereignissen des Vortags.

Noch vor wenigen Tagen hatten ihm diese Basteleien eine Gelassenheit gegeben, er hatte dabei Abstand von der sich immer schneller drehenden Weltgeschichte gewonnen. Und jetzt? Seine Nichte und der Sportliche hatten durch ihr Gespräch, ihr Verhalten ein paar Fragen aufgeworfen, die er gerne oder vielleicht doch nicht so gerne beantwortet haben wollte. Und erst recht der letzte Besuch bei Hellmuth!

Ihm schwirrte immer noch der Kopf. Was bedeutete dessen Schrei wirklich? Hatte er ihn richtig verstanden? Oder vielleicht doch nicht? Wenn aber doch, dann geriet die Welt, zumindest die Welt, wie er sie sich vorstellte, aus den Fugen! Das Programm, etwas, das für ihn immer eine abstrakte Sache gewesen war, das hatte mitgeholfen, einen Menschen zu einem Automaten zu machen, war vielleicht sogar der Initiator für diese Manipulation!

Ihm wurde übel, wenn er daran dachte, was Hellmuth jetzt bevorstand. Immer alles nach Programm machen, das Programm bestimmte jetzt das Denken und das Handeln von Hellmuth, überprüfte alles, was Hellmuth tat, ließ nicht die kleinste Abweichung zu von dem, was das Programm als das Beste für ihn, nein, für die Menschheit ansah!

Daraus aber folgte, dass es über kurz oder lang alle Menschen treffen würde, alle, nicht nur die Abweichler, natürlich die zuerst, aber danach auch den Rest der Menschheit! Wenn das Programm bei Abweichlern wie Hellmuth diese über irgendeinen Chip an sich band, dann war es nur folgerichtig, dies auch bei allen andern zu machen. So ließ sich alles beherrschen, alles überprüfen, alles regeln!

Wenn z. B. ein Mangel an Frühstücksmilch herrschte, dann hatte das Programm es leicht, die Menschen entsprechend so zu manipulieren, dass sie dann halt Kaffee oder Wasser zum Frühstück bestellten.

Das Programm als Herrscher über die Welt!
Absolut!
Ohne Möglichkeiten, es abzuwählen! Keine Hilfe mehr, sondern Diktator!

Ihm grauste bei dem Gedanken, aber sein Kopf kehrte immer wieder zu diesem Thema zurück! Früher hatten die Menschen es als Fortschritt angesehen, wenn sie überall erreichbar waren, mit ihren, wie hießen die Dinger? Handy, Smartwatch, Tablet! Anfang der 20-er Jahre hatte auch eine weltweite Seuche dazu geführt, dass diese Geräte als notwendig erachtet wurden, weil der persönliche Kontakt von Mensch zu Mensch risikobehaftet war. Das hatten die politischen Herrscher schnell zu ihrem Vorteil genutzt, denn so waren ihre Bürger leichter erfassbar, messbar, beherrschbar! So waren die Bürger exakt zu orten, es war sogar feststellbar, wer sich mit wem traf. Man hatte Vorschriften erlassen, die die persönlichen Kontakte weitgehend einschränkten, Vorschriften, die die Einzelnen dazu zwangen, sich über die elektronischen Medien zu äußern, nicht nur wohl wissend, nein, einkalkulierend, dass somit alle Äußerungen festgehalten, überprüft und eingeordnet werden konnten.

Wie von den Politikern gewünscht, hatte dies dazu geführt, dass der persönliche Kontakt, die persönlichen Gespräche untereinander radikal abgenommen hatten. Die meisten Menschen waren außerdem zusätzlich stolz gewesen, über solche Medien zu verfügen, hatten sich offen und frei – vielleicht zu frei – dieser Geräte bedient, hatten in sozialen Plattformen ihre geheimsten Wünsche und Gefühle geäußert, nicht daran gedacht, dass diese Informationen auch irgendwo gespeichert wurden, verarbeitet, Personenprofile erstellt wurden, immer genauere, immer exaktere, immer besser angepasste Profile, solange, bis ein Programm erstellt wurde, das diese Profile zusammenführte, nämlich das Programm „All-of-us", aber von allen nur kurz „Das Programm" genannt.

Die Anzahl der Hersteller solcher Hard- und Software war langsam geschrumpft, kleine Firmen wurden von größeren Konkurrenten aufgekauft, bis nur noch ein Konzern übrigblieb, der „Das Programm" hieß und der „Das Programm" lieferte. Überall, in jeder Wohnung, in jedem Zimmer gab es heute riesige, Wand füllende Bildschirme, die nicht nur etwas zeigen konnten, so wie früher, sondern auch aufnehmen konnten und die Aufnahmen wurden über das Programm verarbeitet und so wurde das Profil jedes einzelnen Menschen erstellt und immer mehr verfeinert.

Man konnte jetzt mit anderen Menschen problemlos kommunizieren, aber das Programm zeichnete alles auf und verarbeitete es, interpretierte das Aufgenommene, verglich es mit den bisherigen Daten, war jetzt sogar in der Lage, Vorausschau zu betreiben, genaue Vorhersagen zu machen, was die Einzelperson als Nächstes wahrscheinlich tun oder lassen würde! Hatten die alten Griechen vor weit über 2000 Jahren überhaupt geahnt, was sich in einer Büchse der Pandora verstecken konnte?

Klar, damals lebten vielleicht 100 Millionen Menschen auf der Erde, heute waren es fast 10 Milliarden! Die wollten alle ernährt, körperlich und geistig beschäftigt werden, das funktionierte nicht ohne ein gewisses Maß an Automation. Aber musste es unbedingt „Das Programm" sein? Aber nein, das ließ sich ja jetzt nicht mehr abschalten!

So drehten sich seine Überlegungen im Kreise. Plötzlich klingelte es und Rotiner fuhr erschrocken aus seinen Gedanken auf. Nur mühsam konnte er sich auf das Türöffnen konzentrieren, seine Reminiszenzen an seinen 15. Geburtstag funktionierten nicht mehr, die Erinnerung an den gestrigen Tag, an das Treffen mit Hellmuth überlagerte alles!

Er schleppte sich zur Tür, betätigte den Türöffner und sah sich seiner Nichte gegenüber, deren freudiger Gesichtsausdruck schnell verschwand.

„Onkel, was ist? Geht's dir nicht gut?" Ihr fragender Blick forderte ihn auf, ihr alles zu erzählen, aber nein, das durfte er auf keinen Fall! Das Programm zeichnete alles auf der Bildwand im Flur auf! Außerdem stand bestimmt seine Nachbarin hinter ihrer Tür und versuchte, jedes Wort zu erhaschen. Sollte er einen Spaziergang vorschlagen? Über bestimmte Wege, die vielleicht nicht so exakt vom Programm überwacht wurden? Aber sicher konnte man ja nie sein, mittlerweile gab es sogar in der freien Natur versteckte Aufnahmegeräte für Bild und Ton.

Halt, was hatte da seine Nichte gerade gesagt? Er war so mit seinen Problemen beschäftigt, da hörte er gar nicht richtig zu. Er solle noch ein paar Minuten warten, dann käme auch der Sportliche! Er schaute fragend zu seiner Nichte, aber die legte nur beruhigend ihre Hand auf seinen Arm und bedeutete ihm zu warten.

Brandheiß erinnerte er sich daran, dass die Essensbestellung vorzunehmen war, besprach dies kurz mit seiner Nichte, für die er einen Salat orderte, während er für sich das Standardgericht bestellte, um den Emissiac zufriedenzustellen. Seine Nichte hatte ihn währenddessen fragend angeschaut, sie merkte wohl, dass er völlig von der Rolle war. Trotzdem, sie hielt ein leichtes, nichtssagendes Gespräch im Gang, das ihn nicht überforderte. So saßen sie da und warteten. Nach einer Viertelstunde machte es wieder „Ping", seine Nichte sprang auf, ging zur Tür, öffnete und nahm dem dort wartenden Essensrobot das bestellte Essen ab, trug es in die Küche und dann vertilgten die beiden schweigend ihre Portionen, wobei Rotiner keinen großen Appetit zeigte.

Nach einer weiteren Viertelstunde klingelte es nochmals. Wieder war die Nichte schneller als er, ging mit schnellen Schritten zur Tür und öffnete. Rotiner konnte ihr Gesicht nicht sehen, aber das Gesicht des Sportlichen. Es sah bekümmert aus und außerdem, ja, der Sportliche hatte nichts gesagt, aber ganz leicht den Kopf geschüttelt. Jetzt drehte sich seine Nichte um, der Sportliche schloss die Tür und trottete hinter ihr in die Küche.

Dort setzten sie sich und seine Nichte sagte zu Rotiner: „Sieht so aus, als wäre das Wetter heute Mittag nicht so gut, vielleicht wird es ja heute Abend besser! Aber ein bisschen könnten wir schon spazieren gehen, wir müssen uns halt entsprechend anziehen!"

Also zog sich Rotiner seinen Regenmantel über, nahm auch seinen Regenschirm mit. Normalerweise brauchte er den nicht, aber er hatte keine Ahnung, wohin sie diesmal gehen würden. Allein die Anwesenheit der beiden tat ihm wohl, half ihm, sich etwas zu beruhigen. So konnte er während des Spaziergangs einen allgemein gehaltenen Bericht über den Besuch bei seinem ehemaligen Kollegen erzählen als auch den Gewaltausbruch ziemlich ungerührt schildern, obwohl er merkte, dass seine Nichte ihn sehr aufmerksam anschaute und zweimal zu einer Frage ansetzte, diese dann aber doch unterdrückte.

Als sie in seine Wohnung zurückkehrten und die zwei wieder zur Arbeit gingen, hatte er seine Fassung wiedergefunden, war nicht mehr so durcheinander wie vorher. So konnte er den Nachmittag hinter sich bringen, war nicht mehr so aufgedreht wie am Vormittag.

Er schaffte es sogar, sich über seinen Emissiac in einen Bastelkreis einzuwählen, der sich über Elektronik-Schaltkreise unterhielt. So hundertprozentig kam er da auch nicht mit, die Grundlagen beherrschte er ja, aber wenn sich die Rede um den neuen MST-Schaltkreis drehte, da musste er passen. Aber trotzdem war es interessant, zu erfahren, was dieser Schaltkreis alles konnte. Und zusätzlich gab es auch noch Aufbauanleitungen dazu!

Besonders interessant war, dass ein Bastelfreak zum Besten gab, dass die Zusammenschaltung von mehr als dreien dieser Schaltkreise verboten war, aus Sicherheitsgründen. Weshalb, das erklärte er nicht genau, aber er deutete dabei die Möglichkeit einer Manipulation an. Was man damit manipulieren könne, sei ein strenges Geheimnis! Den ganzen Nachmittag versuchte Rotiner hinter dieses Geheimnis zu kommen, aber es lag ein dichter Schleier über diesem Schaltkreis. Ein paarmal landete er sogar in einer Sicherheitsschleuse des Programms.

Beim ersten Mal erschrak er sehr, als er Rede und Antwort zu stehen hatte, weshalb er sich über ein praktisch verbotenes Ding kundig machen wolle. Er stotterte erst, dann, nach einem kurzen Augenblick, fiel ihm Hellmuth wieder ein. So erklärte er seine Suche nach diesem verbotenen Ding damit, dass er praktisch aufgefordert worden sei, bei der Erkundung der Verfehlungen eines Patienten mitzuhelfen, und dass er glaube, dass dieser Patient möglicherweise mit diesem Schaltkreis in Berührung gekommen sei oder sogar damit herumexperimentiert habe.

Nach einem kurzen Schweigen wurde er nach dem Bezirk und der Patientennummer gefragt, nach kurzer Wartezeit ermahnt, sich nicht weiter mit der Suche zu befassen, da das Problem sich in der Zwischenzeit schon erledigt habe. Auch drei seiner weiteren Versuche, hinter das Geheimnis des Schaltkreises zu kommen, endeten wieder in einer Sicherheitsschleuse, wobei zum Glück jedes Mal eine andere Person oder ein anderer Roboter ihn erst befragte und dann verwarnte.

Auch ein weiterer Versuch ging zwar schief, aber Rotiner hörte dabei zum ersten Mal von der Gruppe „AP".

Rotiner musste nämlich nach seinem vergeblichen Versuch erst die Hintergründe seiner Suche erklären, danach wurde er gefragt, ob er Verbindungen zur „AP" habe oder ob er von dieser „AP"-Gruppe gehört habe. Als er dies verneinte, musste er sich wieder eine Mahnung anhören, sich nicht weiter mit diesem Schaltkreis zu beschäftigen. Bei der Frage nach dieser ominösen „AP", da war sich Rotiner sicher, war ein Voci eingesetzt worden, um herauszubekommen, ob er die Wahrheit sagte. Aber, so sagte sich Rotiner, weshalb eine Überprüfung, ob er die Frage wahrheitsgemäß beantwortete? War die „AP" eine Kontrollstelle und er ein Mitglied dieser „AP", so hätte es nicht eines Vocis bedurft.

Also war diese „AP" eine wahrscheinlich illegale Gruppierung, eine, die vermutlich etwas mit diesem ominösen Schaltkreis zu tun hatte, diesen vielleicht entgegen der Erlaubnis einsetzte, somit gegen das Programm handelte, gegen das Programm, also, so wie das Programm sich selbst sah, gegen die Gesellschaft!

Was wäre, wenn sein Kollege, wenn Hellmuth tatsächlich auch mit diesem Schaltkreis experimentiert hätte? Könnte doch sein, oder? Vielleicht hatte er sogar etwas mit der „AP" zu tun? Er verbrachte noch eine Weile auf der Suche nach diesem ominösen Schaltkreis, nicht direkt, sondern sehr diskret stellte er seine Fragen bei verschiedenen Programmgruppen, besonders bei Bastelfreaks, aber auch bei Gruppen, die sich für polizeiliche Maßnahmen interessierten. Obwohl, polizeiliche Maßnahmen hörte sich nach staatlicher Macht an, aber, soviel war klar, die eigentliche Macht lag ja inzwischen beim „Programm"! Polizisten gab es inzwischen fast keine mehr, die Macht übten jetzt die Roboter aus, die über das Programm losgeschickt wurden. Ja, das Programm sah sich als Wächter über die Menschheit an! Und was war, wenn die Roboter wegen eines Menschen losgeschickt wurden? Da war der Mensch schon von vorhinein schuldig, denn das „Programm" würde doch nie Roboter gegen einen Menschen einsetzen, wenn dieser Mensch nicht gegen das Programm, gegen die Gesellschaft verstoßen hätte, oder? Nein, nie, niemals!

Rotiner merkte, wie er sich innerlich immer mehr von dem „Programm" entfernte, immer mehr Widerstand gegen das allwissende, unfehlbare, über allem thronende „Programm" aufbaute.

Natürlich hatte es auch seine guten Seiten, beispielsweise hatte es dafür gesorgt, dass die frühere Wirtschaftsleitlinie „Immer mehr Quantität" durch „Immer mehr Qualität" abgelöst wurde. Aber dem stand ein großer Nachteil entgegen: Das Programm hatte keine Moral!

Es wog gnadenlos das Allgemeinwohl, das Allgemeinwohl, so wie es das Programm sah, gegen das Leben einer

Einzelperson ab. Für das Programm gab es kein „möglicherweise", „vielleicht", „mehr oder weniger", sondern nur „ja" oder „nein", „schwarz" oder „weiß"!

Gnade oder Verständnis waren Fremdworte, weil das Programm wie bei einem Schalter nur „an" oder „aus", nur „schuldig" oder „nicht schuldig" kannte! Dazwischen gab es für das Programm nichts!

An diesem Nachmittag fand er leider nichts mehr über diesen Schaltkreis heraus. Auch die Angaben über diese „AP" blieben vage. Aber das war ja eigentlich nur natürlich, wenn sie gegen das Programm arbeitete. Er nahm sich aber vor, noch weiter nachzuforschen, dann meldete er sich ab.

Sein Abendessen trudelte ein, der Essensroboter brachte es ihm und Rotiner schaufelte es gedankenlos in sich hinein. Anschließend musste er noch fast eine Stunde warten, bis die beiden endlich auftauchten.

„Tut uns Leid, dass es so lange gedauert hat", sagte seine Nichte, „aber wir hatten noch etwas Wichtiges zu tun!"

Darauf setzten sie sich zusammen in die Küche. Rotiner holte tief Luft und wollte gerade mit seinen Fragen loslegen, da fragte auch schon seine Nichte: „Onkel, ich wollte dich heute Mittag nicht fragen, aber irgendwas hat dich bei diesem Besuch in dem Erziehungshaus doch erregt. Das habe ich gemerkt, auch wenn du dich ganz gelassen gegeben hast! Was war denn da los? Du kannst es uns jetzt ruhig erzählen! Wirklich! Du kannst ganz frei sprechen!"

Rotiner sah sie überrascht und fragend an, dann schoss es aus ihm heraus: „Wie frei?" Er drehte sich zu seinem Emissiac um, deutete auf das Gerät und wollte schon die beiden darauf hinweisen, dass er mit diesem Gerät nirgendwo frei sprechen könne. Aber seine Nichte packte seinen Arm, nickte beruhigend und sagte: „Ganz frei! Was jetzt gesprochen wird, geht nicht ans Programm. Ganz sicher! Der Sportliche kennt Mittel und Wege, dem Programm etwas Anderes vorzuspielen. Komm, erzähle!" Rotiner sah sie verwirrt an, sah ihre gespannte Miene, dann zuckte er mit den Achseln.

„Das war ein ehemaliger Kollege von mir!", sprudelte auch schon die Episode mit dem Schrei und den Robotern aus ihm heraus. Der Sportliche und seine Nichte saßen da vor ihm, hörten mit versteinerten Gesichtern zu. Als er mit seiner Geschichte zu Ende war, schauten sich die beiden an, dann entgegnete seine Nichte: „Tut uns Leid für dich und auch für ihn. Das hat er nicht verdient, aber wer sich dem Programm entgegenstellt, der weiß auch, was ihn im schlimmsten Fall erwartet. So etwas kommt vor!"

Rotiner nickte, solch einen Kommentar hatte er schon erwartet. Das war zwar kein eindeutiger Beweis, aber ihm genügte dieser Hinweis. „Hört mal, ihr beiden, ich will ja nicht zu neugierig sein, aber wenn dieses Gespräch tatsächlich nicht ans Programm weitergeleitet, dann ..." Er holte tief Luft. Frei seine Gedanken auszusprechen, nein, die Vorsicht saß noch viel zu tief in ihm drinnen, trotzdem platzte es aus ihm heraus: „Mir geht das Programm ja sowieso gegen den Strich! Vieles davon, was es macht, das sind notwendige Übel oder notwendige gute Sachen, aber ich möchte nicht so leben wie Hellmuth! Da mache ich lieber meine eigenen verdammten Fehler, bevor ich mir von einem Programm, einem Computer, einem Roboter oder einem digitalen Menschen vorschreiben lasse, was ich tun oder lassen soll."

Rotiner ließ sich wieder auf seinen Sitz plumpsen, von dem er sich in seiner Erregung halb erhoben hatte. Seine Nichte schaute ihn mit einem Blick an, aus dem er Zustimmung herauslas. Der Sportliche dagegen schaute ihn nur an, schweigend, aber Rotiner meinte, eine Bewegung zu spüren, ein leichtes Nicken nicht nur mit dem Kopf, sondern mit dem ganzen Oberkörper. Also hatte er Recht! Die beiden, wohl eher der Sportliche, die hatten etwas, womit sie das Programm beeinflussen konnten, wie, das war ihm im Augenblick egal.

Und dann erzählte er, erzählte von dem schrecklichen Augenblick, als die Roboter Hellmuth ergriffen hatten, um sein Gesicht in eine Maske zu pressen, während Hellmuth schrie, seinen Verdacht herausschrie, seine Angst und wie Hellmuth zusammensackte, zum Schweigen gebracht durch zwei Roboter, zwei Handlanger des Programms. Wie dieser Robotmensch danach den Zusammenbruch von Hellmuth kommentiert hatte.

Die beiden unterbrachen ihn nicht, sie spürten, dass Rotiner, indem er ihnen den Vorfall schilderte, auch sich selbst klarzuwerden versuchte, was da geschehen war. Dass Rotiner bis ins Mark erschüttert war. Dass sein Weltbild nicht nur ins Wanken gekommen war, nein, es war umgestürzt und dabei zersplittert, so zersplittert, dass es nie wieder in die alte Form zusammengesetzt werden konnte.

Nachdem Rotiner seine Geschichte losgeworden war, war es eine ganze Weile still, jeder hing seinen Gedanken nach. Dann spürte Rotiner eine Hand auf seinem Arm. „Onkel, was geschehen ist, ist geschehen. Daran kannst du nichts mehr ändern. Aber du kannst dich nach deinem Kollegen erkundigen, mit ihm reden, kannst überprüfen, ob und welche Unterschiede in seinem Verhalten sichtbar sind. Vielleicht braucht er Zuwendung, und die kannst du ihm geben!"

Rotiner schaute auf, blickte seiner Nichte ins Gesicht. Langsam nickte er, ja, das war das Mindeste, was er tun konnte. Vielleicht half dies Hellmuth etwas, nur ein kleines bisschen Zuwendung, das war nicht zu viel verlangt!

Als er seinen Blick auf den Sportlichen richtete, fand er auch in dessen Gesicht Zustimmung zu der Meinung seiner Nichte.

An diesem Abend hatte Rotiner nicht mehr die Ruhe, sich nach dem Grund zu erkundigen, weshalb das Programm nicht reagierte. Aber er nahm sich vor, dies beim nächsten Treffen nachzuholen. Nachdem die beiden ihn noch etwas mehr aufgemuntert hatten, verabschiedeten sie sich und ließen ihn allein. Er war immer noch aufgewühlt, ging zu Bett, aber es gelang ihm wider Erwarten innerhalb einer Viertelstunde, einzuschlafen.

Am nächsten Tag nahm er sich schon beim Frühstück vor, nach seinem Kollegen zu schauen. Sein Zusammenbruch war ja wohl ein Grund, sich nach seinem Gesundheitszustand zu erkundigen. Nach seiner täglichen Verbeugungsroutine, die er dieses Mal äußerst widerstrebend durchführte, rief er das Programm auf, konnte dort aber nichts Aktuelles über Hellmuth in Erfahrung bringen, deshalb musste er ihn wohl oder übel im Erziehungshaus besuchen. Sollte er das heute erledigen oder wäre es besser, dies auf morgen zu verschieben? Vormittags oder nachmittags?

Während er noch die Vorteile und Nachteile des jeweiligen Zeitpunkts gegeneinander abwog, kam es ihm in den Sinn, die Vergangenheit von Hellmuth zu erforschen.

Was hatte Hellmuth denn tatsächlich in der Zeit vor seiner Einlieferung vor über zwei Jahren gemacht? Hatte der wirklich versucht, gegen das Programm zu arbeiten, so wie der digitale Mensch es im Erziehungshaus geschildert hatte? Oder hatte Hellmuth vielleicht sogar mit diesem Schaltkreis zu tun gehabt, möglicherweise unabsichtlich etwas damit angestellt, was dem Programm nicht gefallen hatte?

Rotiner fielen tausend verschiedene Möglichkeiten ein, wie Hellmuth in diese Lage gekommen sein könnte.

Egal, er würde ihn besuchen, würde versuchen, ihm zu helfen. Doch halt, was wäre, wenn Hellmuth schon operiert wäre, schon mit dem Programm in direkter Verbindung stünde? Sollte er dann wirklich mit ihm Kontakt aufnehmen? Möglicherweise würde Hellmuth, weil programmgesteuert, ihn vielleicht nicht mehr als Freund, oh, ein großes Wort, nicht mehr als guten Bekannten ansehen, sondern als Feind, als Gegner des Programms? Rotiner beschloss, diesen Besuch vorsichtig anzugehen, sich beim ersten Anzeichen von Misstrauen zurückzuziehen. Überhaupt, was wollte er mit diesem Besuch erreichen? Nur sein eigenes Gewissen beruhigen, oder wollte er Hellmuth wirklich helfen? Wie helfen? Stimmt, Hellmuth hatte ja zwei Jahre lang keinen Kontakt mehr mit Menschen gehabt, hatte zwei Jahre lang in diesem Erziehungshaus verbracht. Der hatte bestimmt ein paar Probleme, wenn er wieder in die menschliche Gemeinschaft eingegliedert werden sollte. Einfache Probleme wie tägliches Essen und Trinken, also Verpflegung, aber auch Unterkunft, persönliche Kontakte und Ähnliches. Bei der Unterkunft, da konnte Rotiner kaum helfen, aber er vermutete, dass das Programm von sich aus Hellmuth nicht einfach so vor die Erziehungshaustür setzen würde. Aber bei persönlichen Kontakten und bei einfachen täglichen Arbeiten, zum Beispiel bei der Verpflegung, da könnte er Hellmuth schon unter die Arme greifen, konnte Hilfestellung leisten und ihm zeigen, wie man das heutzutage machte.

Oder war das überhaupt nötig, wenn Hellmuth eine direkte Verbindung zum Programm hatte? Ja, wenn er den Schrei von Hellmuth richtig verstanden hatte, dann hatte Hellmuth ja Angst genau davor gehabt, Angst, vom Programm gesteuert zu werden, Angst davor, eine direkte erzwungene Verbindung zum Programm zu haben! Nein, es war schon besser, erst mal vorsichtig mit Hellmuth zu reden, um zu erfahren, was für ein Mensch das jetzt war.

Aber irgendwie fühlte er sich nicht so wohl, dass er heute schon sich auf Hellmuth einlassen können würde. Er fühlte sich für den Besuch noch zu schlapp, einfach noch nicht aufnahmebereit genug. Stattdessen beschloss er, sich noch ein bisschen schlauer zu machen über den berüchtigten Schaltkreis, über den sich dieser Bastler so geheimnisvoll geäußert hatte, der Schaltkreis, der angeblich nicht mit mehr als drei anderen verschaltet werden durfte.

So verbrachte Rotiner den Vormittag und fast den ganzen Nachmittag damit, die genaueren Umstände um diesen ominösen Schaltkreis zu klären. Er konnte es sich auch nicht erklären, aber irgendetwas reizte ihn daran, vielleicht, weil er schon nach kurzer Zeit herausbekam, dass der Bastelkollege, der beim letzten Mal so vorwitzig ein Geheimnis dieses Schaltkreises preisgegeben hatte, deshalb eine Verwarnung erhalten hatte, eine strenge Verwarnung! Rotiner wusste, er spielte mit dem Feuer.

Aber gerade deshalb, weil überall verkündet wurde, dass endlich die Menschen weltweit frei und ungezwungen miteinander kommunizieren könnten, hatte er das Bedürfnis, an den Stellen, die ihm verwehrt wurden, tiefer zu bohren und zu forschen.

Er hatte bald heraus, dass manche Bastler diesen Schaltkreis „Fallo" nannten, vermutlich wegen seiner Eigenschaften. An Fallo heranzukommen war nicht ganz leicht, nicht nur wegen seines Preises. Anscheinend wurde auch genau Buch geführt, aus welchem Anlass jemand diesen Schaltkreis haben wollte. Die offiziellen Händler mussten laut einer Vorschrift bei einem Verkauf dieses Schaltkreises den Käufer und dessen Gründe für den Kauf an das Programm weitergeben.

Zwischendurch versuchte er, seine Nichte zu erreichen, das gelang ihm auch, aber die teilte ihm nur mit, dass sie ihn heute nicht mehr besuchen würde. Schade!

So verbrachte er den Abend allein, mit einem seiner seltenen echten Bücher in der Hand. Es war für Rotiner immer wieder faszinierend, aber auch erschreckend, wie George Orwell in seinem Roman ‚1984' so genau die Zukunft der menschlichen Gesellschaft vorhergesagt hat! In der Nacht wachte er dreimal auf, weil seltsame Träume ihn heimsuchten.

Am nächsten Morgen, kurz nach seinem Verbeugungsritual, meldete sich wie beim letzten Mal sein Emissiac und forderte ihn auf, baldmöglichst in das Zentralgebäude der Erwachsenenerziehung zu kommen und dort wieder die „4338" anzugeben. Auf sein „Warum" bekam er wie üblich keine Antwort.

Da Rotiner ja sowieso dorthin hatte gehen wollen, überlegte er sich ein paar Fragen, die er dem möglicherweise manipulierten Hellmuth stellen wollte. Fragen, die ihm ermöglichen würden, den Geisteszustand von Hellmuth zu erkennen. Auf der Fahrt dorthin feilte er noch an der Fragestellung, sogar noch kurz vor der Anmeldung drehte er einen Satz im Kopf herum. Wiederum stand er in der Schlange vor der Anmeldung, erhielt seinen Streifen, suchte den Besuchsraum auf. Wo ihn wieder der gleiche uniformierte Roboter erwartete. Er gab diesem den Streifen und dieser führte ihn in sein Pult ein. Nach einem Augenblick sprach der Roboter dann Rotiner an: „Sehr geehrter Herr, leider müssen wir Ihnen mitteilen, dass der Patient 4338 nicht mehr lebt. Er ist kurz nach Ihrem letzten Besuch, bei dem er einen Zusammenbruch hatte, verstorben. Er hatte wegen seines langen Aufenthaltes hier in diesen Räumen auch keinen Kontakt mit anderen Personen. Seine Frau hatte sich nach seiner Einlieferung von ihm losgesagt, es bestand kein Kontakt mehr. Auch weitere Bekannte mieden den Kontakt mit ‚4338'. Persönliches Eigentum besaß er keines. Aber er hat einen handschriftlichen Brief für Sie hinterlassen, den wir Ihnen hiermit übergeben. Bitte!"

Damit reichte dieser Rotiner einen Briefumschlag, auf dem ganz deutlich „An Roti!" zu lesen war.

Rotiner blieb im ersten Moment mit geöffnetem Mund stehen, so sehr erschütterte ihn diese Nachricht von Hellmuths Tod. Er hatte zwar Hellmuth nur zweimal in den letzten Tagen gesehen und davor 15 Jahren keinen Gedanken an ihn verschwendet, aber dieser plötzliche Tod wühlte ihn auf.

Es dauerte einige Augenblicke, bis er seine Fassung wiedergewann, ein paar Fragen stellen konnte: „Wie ist

Hellmuth gestorben? Wer kümmert sich jetzt um seinen Leichnam? Was hat jetzt überhaupt zu geschehen?"

„Sie müssen sich um nichts kümmern", sagte der Roboter im Anzug, „Sein Körper wurde bereits eingeäschert. Wie er zu Tode gekommen ist, darüber darf ich Ihnen keine Auskunft geben. Ich bin nur berechtigt, Ihnen seinen Brief auszuhändigen, der, wie Sie richtig vermuten, überprüft und freigegeben wurde. Bitte nehmen Sie ihn."

Hölzern streckte Rotiner seine Hand aus, nahm den Brief. Er blieb auch noch einen Augenblick stehen, um sich zu fassen. Darauf ordnete der Robotmann mit gleichmütigem Gesichtsausdruck an: „Sie können gehen. Wir wünschen noch einen guten Tag!", und drehte sich wieder zu seinem Pult um.

Auch beim dritten Mal verlief sich Rotiner in dem Gebäude und es dauerte eine ganze Weile, bis er sich auf den Ausgang konzentrieren konnte. Und wieder fiel er fast die zwei Stufen vor dem Ausgang hinunter und konnte sich nur mit Mühe am Geländer festhalten.

Hellmuth tot!

Seine Gedanken kreisten um diese zwei Worte: Hellmuth tot! Warum, weshalb, wieso? Hellmuth tot!

Wieder stieß ihn jemand an, ihm fiel der Brief von Hellmuth fast aus der Hand. Der zensierte Brief! Diesmal stieg er nicht auf den Mittenberg, nein, er eilte nach Hause, suchte sich einen ruhigen Platz zum Nachdenken, zum Briefe-Lesen, seine Küche! Der Emissiac dort würde zwar melden, dass er einen Brief las, aber da er diesen Brief von dem Roboter in der Erwachsenenerziehung überreicht bekommen hatte und der ihm mitgeteilt hatte, der Brief sei überprüft worden, machte Rotiner sich darüber keine Sorgen.

Hellmuth schrieb in dem Brief seine Sorgen nieder, seine Angst vor dem Alleinsein, sein Bedürfnis nach menschlichem Kontakt.

Anscheinend war Hellmuth während seiner Zeit im Erziehungsheim auch religiös geworden, denn der Brief war mit religiösen Sprüchen aus der Bibel gespickt und jedes Mal hatte Hellmuth auch noch dazugeschrieben, wo er den entsprechenden Spruch gefunden hatte, z. B. „Deinen Nächsten sollst du lieben wie dich selbst!" (Lk 10,27).

Seltsam, so hätte Rotiner seinen ehemaligen Kollegen Hellmuth gar nicht eingeschätzt! Übertrieb Hellmuth vielleicht seine Religiosität so stark, dass das Programm dies als Angriff auf die Gesellschaft klassifizierte? Wieso hatte Hellmuth diesen Brief überhaupt geschrieben, an wen sollte er ursprünglich gehen? Denn Rotiner hatte Hellmuth doch erst vor ein paar Tagen nach langer Zeit wiedergesehen und das ganze zwei Mal?! Oder sollte Hellmuth tatsächlich nach seinem ersten Besuch diesen Brief an ihn geschrieben haben?

Und was sollte das an dieser Stelle: „Ihr sollt auf den Herrn hoffen, laufen und nicht matt werden, gehen und nicht müde werden?"

Das passte sinngemäß doch gar nicht zu dem restlichen Teil des Absatzes! Hoffte Hellmuth vielleicht auf ihn, auf den Herrn Rotiner und darauf, dass er, der Herr Rotiner, laufen und niemals müde werden würde? Wohin sollte er denn laufen? Rotiner schüttelte den Kopf. Nein, das hatte nichts mit ihm zu tun, da war bei Hellmuth im Kopf wohl etwas durcheinandergeraten!

Er las den Brief mehrmals durch, legte er ihn auf eine Ablage nahe dem Küchentisch. Vielleicht würde er ihn erst in einigen Tagen zur Papierverwertung geben und noch nicht sofort vernichten.

Rotiner selbst hatte zur Religion ein etwas gespaltenes Verhältnis. Einerseits stieß ihn das Zweckdenken der heutigen Gesellschaft ab, andererseits konnte er den Vertretern der Religionen auch nicht ohne Weiteres folgen. Seine Ratio und das Benehmen der Religionsvertreter waren dabei wichtige Punkte. Auch das der Religionsvertreter der christlichen Kirchen! Was seine Gedanken wieder auf den Brief lenkte. Verflixt, warum kam ihm der Brief so zusammengeschustert vor? Als hätten die Zitate und die Herkunftsbezeichnungen irgendwie in den Brief hineingepresst werden müssen. Seltsam, sehr seltsam!

Es dauerte nicht mehr lange und die Mittagszeit nahte. Rotiner hatte für sich und wunschgemäß auch für seine Nichte wieder den Eintopf bestellt, der ihr anscheinend gut geschmeckt hatte. Dieses Mal traf seine Nichte vor dem Sportlichen ein, wurde hereingelassen und setzte sich zu ihm in die Küche.

Während sie auf den Sportlichen warteten, erzählte Rotiner seiner Nichte vom Tod seines Kollegen und wieder schaute sie ihren Onkel konzentriert an, als wollte sie eigentlich ein paar Fragen stellen, unterdrückte sie dann aber. Endlich kam der Langerwartete, lächelte beim Eintritt und dann erzählte Rotiner zum zweiten Mal von der beklemmenden Nachricht.

Währenddessen ließ die Nichte ihren Blick schweifen und gerade, als Rotiner vom Erhalt des Briefes erzählte, entdeckte sie den Brief auf der Ablage und deutete auf ihn. „Ist das dieser Brief? Darf ich ihn mal lesen?"

„Selbstverständlich! Lies ihn ruhig!", war seine Antwort, worauf sie ihn neben ihren Teller legte und las, während sie weiter den Eintopf löffelte. Als sie ihre Mahlzeit beendet hatten, räumte Rotiner das Geschirr in die Reinigungsbox, während seine Nichte anscheinend zum dritten Mal den Brief durchlas.

„Hast du vielleicht eine Bibel hier?", fragte sie plötzlich.

Rotiner stutzte, dann nickte er: „Hast du ein Glück! Ich bin zwar kein Anhänger einer der christlichen Kirchen, aber eine Bibel habe ich trotzdem noch. Soll ich sie holen?"

„Ja, bitte. Ich will nur etwas nachprüfen!"

„Aha. Nachprüfen", meinte Rotiner und ging in die kleine Schlafkammer zu seinen bibliophilen Schätzen. Bald hatte er die Bibel gefunden und brachte sie seiner Nichte. Die nahm die Bibel und blätterte alsbald darin herum.

Währenddessen wollte Rotiner von dem Sportlichen Genaueres über die Art und Weise wissen, wie dieser es schaffte, das Programm in die Irre zu führen. Der Sportliche aber rückte nicht mit der Sprache heraus, wollte Rotiner, wie er sagte, schützen und nicht in Versuchung bringen. Er deutete nur an, dass ja auch der Emissiac in seiner Toilette abgeschaltet werden könne, weshalb dann nicht auch irgendein anderer Emissiac.

Dieses Streitgespräch, wenn es denn ein Streit war, wurde durch die Nichte unterbrochen.

„Onkel", sagte sie, „hast du diesen Brief schon genau gelesen? Ich denke, hier steht einiges falsch drinnen. Schau mal hier, dieses Zitat da, Ex 18.1., das betrifft die Ankunft Moses am Berg Sinai, kurz bevor er die zehn Gebote von Gott erhielt. Aber, und das weiß ich genau, das Zitat ist falsch. Da hat dein Freund sich vertan. Das steht nämlich in Ex 19.1.! Ich weiß das deshalb so genau, weil ich im letzten Schuljahr noch darüber eine Arbeit schreiben musste, als ich 19 Jahre alt war!"

Rotiner schaute sie erheitert an. „Naja, das kann schon mal passieren, bei der Menge Zitate, dass man sich dabei mal versieht! Meinst du nicht?"

„Ja, doch, aber ..." Dann schwieg sie, blätterte weiter in der Bibel. Rotiner und der Sportliche schauten ihr verdutzt noch einen Augenblick zu, führten dann ihr Gespräch fort.

Nach einer Weile wurden sie wieder von der Nichte unterbrochen.

„Onkel, hör mal zu. Ich habe zwar jetzt nicht die Geduld für solche Spielchen, aber bei mindestens zwei, drei Zitaten hat dein Freund sich vertan, da stehen die falschen Hinweise beziehungsweise falsche Kapitelzahlen!! Ich bin mir nicht sicher, ob ... Übrigens, meine Gratulation zu der Bibel, die ist ja richtig gut! Wo hast du die denn her? Wendest du dich jetzt dem Christentum zu?"

Rotiner hob abwehrend die Hände. „Nein, nein, die Bibel habe ich irgendwann vor langer Zeit bekommen und in allen Religionen steckt ja irgendwo ein Körnchen Wahrheit drinnen, denn die Leute, die so ein Werk geschrieben haben, die waren ja nicht ganz verblödet! Häufig haben sie einfach nützliche Sachen genommen und die in Form eines religiösen Gesetzes verbreitet. Natürlich haben sie auch ihre eigenen Vorstellungen in die Gesetze einfließen lassen. Solche Gesetze lassen sich gut durchsetzen, auch wenn sie manchmal über das Ziel hinausschießen. Das ist doch häufig so, die meisten guten Dinge haben auch ihren Pferdefuß und die schlechten

Dinge haben auch ihre guten Seiten. Schaut euch doch zum Beispiel die Emissiacs an, du kannst damit sofort mit irgendwelchen Leuten ein Problem besprechen, aber das Programm weiß dann aber auch, welches Problem du hast, klar? Wenn du stotterst, brauchst du dreimal so lange, um einen Satz auszusprechen, aber Stotterer reden nicht soviel Unfug, weil sie dreimal so lange Zeit haben, nachzudenken!"

„Ha, ha, ha, Onkel, muss ich denn jetzt anfangen zu stottern? Aber es stimmt, auch die schlechtesten Sachen können was Gutes bewirken!" Sie wandte sich dem Sportlichen zu. „Hätten meine Eltern nicht so über mich hergezogen, dann hätte ich dich nie kennengelernt!"

Der lächelte sie an: „Aha, jetzt sind also deine Eltern daran schuld!" Doch dann wurde er wieder ernst. „Onkel, hast du nach dem Essen noch eine halbe Stunde Zeit für einen Waldspaziergang? Dazu lade ich dich ein." Sie wandte sich an den Sportlichen: „Und dich auch! So eine kleine halbe Stunde, die kannst du doch bestimmt erübrigen!"

Auch dieses Mal gingen sie gemeinsam das kurze Stück zum Wald, verließen aber bald den Weg und stapften querfeldein. Jetzt sprach der Sportliche die Nichte an. „Was hast du da eben über den Brief gesagt? Ich denke doch, wenn jemand einen Brief an eine andere Person schreibt, also ich würde da dreimal nachschauen, ob ich richtig zitiert habe! Herr Rotiner, Sie sagen, Sie haben Ihren Kollegen vor 15 Jahren das letzte Mal getroffen und dann erst wieder vor ein paar Tagen. Also entweder hat Ihr Kollege diesen Brief in den letzten Tagen geschrieben, weil er Ihnen vertraut hat, oder er hat den Brief schon vor längerer Zeit verfasst und, als er Sie wiedergesehen hat, Sie als vertrauenswürdige Person eingeschätzt, und Sie als Empfänger eingesetzt. Ist der Brief wirklich an Sie persönlich gerichtet, also nicht nur von der Adresse her, oder ist er eher allgemein gehalten?"

Die Nichte hatte den Brief mitgenommen, jetzt zog sie ihn hervor und las ihn nochmals durch, runzelte die Stirn. „Du hast Recht, irgendwie habe ich den Eindruck, der Brief ist an den gerichtet, der den Brief erhält, nicht an dich ganz persönlich, Onkel! Das könnte also bedeuten, der erste Besucher, den dein Kollege als vertrauenswürdig einstuft, der sollte diesen Brief erhalten! Und das warst du! Onkel, kannst du dich mal kundig machen, wann dein Kollege in seinem Erziehungsheim eine Bibel haben wollte oder wann der, vielleicht über das Programm, eine Bibel anforderte oder wann er die zurückgab? Ja, das sind eine Menge Wanns und Wenns, aber ich glaube, dann können wir genau sagen, ob gerade du den Brief bekommen solltest. Außerdem, du hast doch Zeit und eine Bibel, also könntest du mal überprüfen, wieviel und welche Zitate nicht mit der Bibel übereinstimmen. Ich denke, das könnte interessant sein!"

Rotiner versprach, sich um beide Sachen zu kümmern.

Nach der Zusicherung, ihn am Abend wieder zu besuchen, verabschiedeten sie sich.

Etwa eine Stunde später stand Rotiner vor dem Erziehungshaus, immer noch nicht ganz sicher, was er fragen sollte. Er schaute am Gebäude hoch, einem modernen Glasbau, dem man gar nicht ansah, was sich dahinter verbarg.

Dann riss er sich zusammen, betrat das Erziehungshaus, ging zu der Anmeldung und stellte sich dort an. Als er an der Reihe war, fragte er die Person auf dem Emissiac nach den Hinterlassenschaften von Patient 4338, von Hellmuth. Der Roboter schaute ihn einen Augenblick an, dann, wie schon bekannt, kam ein kleiner Streifen aus dem Schlitz und die knarrende Stimme sagte: „Zimmer 4331! Der Nächste bitte!"

Rotiner nahm den Streifen und ging wieder in den dritten Stock, dritter Flur, da war das Zimmer 1, gleich am Anfang des Flures. Er versuchte, die Tür zu öffnen, aber eine weitere mechanisch knarrende Stimme klang aus einem Lautsprecher. „Bitte warten Sie, zurzeit ist der Raum belegt!"

Rotiner drehte sich um, sah ein paar Stühle und nahm auf einem Stuhl Platz. Es dauerte nur ein paar Minuten, da kam ein älteres Paar heraus, ging mit auf den Boden gerichtetem Blick an ihm vorbei, während er aufstand und an die Tür klopfte.

Er fand sich in einem Raum wieder, in dem ein Tisch mit einem Monitor stand, der Monitor einem Androiden zugewandt und vor dem Tisch standen ein paar Stühle, wohl für den oder die Besucher gedacht. Wie in dem andern Raum auch streckte der Android, das war er nämlich, ein menschenähnlicher Roboter, der streckte seine Hand aus und Rotiner legte seinen Streifen hinein. Der Streifen wurde in das Pult eingeführt, es blieb einen Augenblick ruhig, dann fragte der Android: „Wer sind Sie, und was wollen Sie wissen?" Rotiner hatte sich inzwischen gesetzt und erklärte, erst etwas stotternd, dann flüssiger, wer er sei und fragte, ob er die Hinterlassenschaften von Patient 4338 einsehen könnte.

Der Android gab etwas in die Tastatur ein, dann drehte er sich wieder zu Rotiner um.

„Der Patient 4338 hat nur diesen einen Brief hinter-lassen, der Ihnen ausgehändigt wurde. Weiteres Eigen-tum hatte er zum Zeitpunkt seines Todes nicht!"

„Aha", sagte Rotiner, „hatte er nicht auch noch eine Bibel gehabt?"

Wieder schaute der Android nach, dann sprach er wieder:

„Nein, der Patient hatte sich eine Bibel von der Ver-waltung ausgeliehen, die er nach Gebrauch wieder zu-rückgab."

Jetzt kam der kniffligste Teil:

„War die Bibel danach wieder komplett?" Der Android schaute nach, dann gab er bekannt: „Die Bibel war, trotz der Ausleihzeit von über zwei Monaten, und obwohl der Patient 4338 sie intensiv nutzte, nicht über Gebühr ab-genutzt und komplett, hatte jedoch zwei neue Knicke in Seite 178 und 182."

Rotiner führte seine Konzentrationsübungen auf sei-nen 15. Geburtstag durch, deshalb blieb sein Gesichts-ausdruck neutral. Seine andere Gehirnhälfte nahm dies auf: Seite 178 und 182. Nach ein paar weiteren unwich-tigen Fragen sagte er: „Danke! Das war es!", stand auf und verließ den Raum.

Dieses Mal fand er doch tatsächlich den Weg zum Ausgang sofort, er schritt die zwei Stufen vor dem Aus-gang hinunter, ohne zu stolpern, und fand sich bald in seiner Wohnung wieder.

Der erste Teil seiner Aufgaben war gelöst, der Brief war tatsächlich schon früher geschrieben worden. Jetzt machte er sich an die Lösung der zweiten Aufgabe.

Während er die Bibel suchte, versuchte er seine Ge-fühle zu ordnen.

Irgendwie war er gespannt wie seit langem nicht mehr, er fühlte sich wie ein Detektiv, der auf eine Spur, auf ein Geheimnis angesetzt worden war, und der jetzt dieses Geheimnis zu entschlüsseln versuchte, ihm auf den Grund gehen wollte. Denn jetzt war für ihn klar, der Brief barg einen Code.

Er setzte sich mit dem Brief in seine Küche und schrieb alle Zitate heraus, die mit Kapitelhinweisen versehen waren. Es war eine ganze Menge und deshalb dauerte es ziemlich lang, bis er alle entsprechenden Stellen notiert hatte. Obwohl es ihn in den Fingern juckte, diese Stellen sogleich zu überprüfen, zwang er sich, den Zettel, auf dem er die Stellen notiert hatte, erst mal mitsamt dem Brief in seine Ablage zu legen, den Zettel zuunterst.

Stattdessen meldete er sich im Programm an und suchte sich eine Diskussionsgruppe heraus, die über christliche Werte debattierte.

Er wurde schnell fündig und wurde auch schnell in ein Gespräch verwickelt, das er bewusst in Richtung Bibel zu lenken versuchte. Die anderen Teilnehmer bildeten anscheinend einen festen Zirkel, der sich die Aufgabe gestellt hatte, die heutigen Menschen aus ihrer Technikgläubigkeit zu reißen und zu einem Kirchgang zu motivieren. Auch Rotiner wurde in diese Richtung gedrängt, aber er lenkte immer wieder geschickt die Rede auf die Bibel, auf die Sicherheit, die Genauigkeit der dort angegebenen Zitate. Auf seine Nachfragen hin sagte ihm ein Teilnehmer, anscheinend ein Angestellter einer Kirche, die dort angegebenen Zitate seien inzwischen so genau wie möglich überprüft und die Korrektheit bestätigt worden, wobei natürlich immer wieder einzelne Druckfehler vorkommen könnten. Er wies ihn an, solche Zitate im

Programm nachzulesen, dort wären die Zitate auf jeden Fall korrekt angegeben.

Das Programm, immer wieder das Programm! Jetzt warb auch noch die Kirche mit dem Programm, als ob der Glaube zur Gewissheit wurde nur deshalb, weil das Programm bei der Verbreitung mitgewirkt hatte.

Aber Rotiner lag jetzt die Bestätigung vor, dass auch in den älteren Bibelausgaben mit großer Wahrscheinlichkeit das richtige Zitat im richtigen Zusammenhang stand. Wenn also ein Zitat falsch angegeben wurde, nein, mehrere Zitate falsch angegeben wurden, dann war dies kein Zufall, dann war das Absicht. Hellmuth hatte diese bewusst so in seinen Brief hineingeschrieben!

Jetzt kam der zweite Teil: Welche Zitate waren falsch angegeben?

Den dritten Teil, was diese falschen Zitate zu bedeuten hatten, nein, nicht jetzt schon darüber nachdenken, erst den zweiten Teil lösen, dann kam der dritte Teil.

Er war sich des permanenten Zuschauers, des Emissiacs, sehr bewusst. Der Emissiac konnte auch hier in seiner Küche so genau aufnehmen, dass der Titel des Buches, seiner Bibel erkennbar war, möglicherweise auch die Seitennummer und sogar die Schrift!

Deshalb blätterte Rotiner langsam und deutlich sichtbar die Bibel von vorne an durch, hielt auch an Stellen an, die für ihn nicht aktuell von Wichtigkeit waren. Auch hatte er die Bibel so auf seinen Zettel mit den Zitaten draufgelegt, dass nur eine Zeile, ein Zitat nach dem anderen sichtbar wurde.

Nach einer halben Stunde machte er Pause, ging langsam in seiner Küche hin und her, als ob er durch das Lesen der Bibel zum Nachdenken angeregt worden wäre.

Weshalb er sich so verstellte, er konnte es sich nicht genau erklären, aber er hatte das Gefühl, als würde ihm andauernd jemand über die Schulter sehen, als würde das Programm ihn beobachten oder jemand, der hinter dem Programm stand. Vielleicht hatte dieser Jemand eine Kopie dieses Briefes vor sich liegen und versuchte, es Rotiner nachzumachen, um so hinter sein Geheimnis zu kommen. Hatte er Verfolgungswahn? Vielleicht! Aber wenn tatsächlich ...?

Rotiner riss sich zusammen. Was schadete es, wenn er solch besondere Vorsichtsmaßnahmen ergriff? Die kosteten ihn zwar Zeit, aber Zeit war ja etwas, das er hatte, dann wusste er halt ein paar Stunden später erst, welche Zitate falsch waren!

Er setzte sich wieder an seinen Küchentisch, schob die Bibel wieder eine Zeile nach unten, verdeckte die Zettelliste mit den Zitaten mit seinem Arm und überprüfte das nächste Zitat. Hurra, schon wieder ein Treffer!

Bis zum Abend hatte er die Liste durchgearbeitet, hatte fünf Stellen gefunden, die von den in der Bibel angeführten Zitaten abwichen. Fünf Bibelstellen, erst die Abkürzung des Buches, dann das Kapitel und dann die Zeilennummer. Die Angabe des Buches passte immer, genauso wie die Zeilennummern. Aber die Kapitelnummern, stets zweistellige Zahlen, die passten nicht, sogar ein Psalm gehörte dazu.

Er versuchte, sich diese Nummern einzuprägen, sowohl die falschen Nummern als auch die richtigen Nummern, denn er war jetzt überzeugt, die würden noch einmal gebraucht. Kurz nach dem Abendessen kam seine Nichte, allerdings ohne den Sportlichen. Ihre ersten Worte waren: „Draußen ist es ziemlich kühl, nicht gerade das Wetter zum Spazierengehen, und so komme ich allein!"

Aha, also konnte der Sportliche nicht kommen und ihre Gespräche durften sich nur um Belanglosigkeiten drehen. Trotzdem gelang es ihm, ihr verständlich zu machen, dass er seine Aufgaben erfüllt hatte. Die entsprechenden Ergebnisse musste er ihnen in einem passenderen Moment präsentieren.

So diskutierte er stattdessen mit ihr über seine neue „Religiosität", mitsamt der Religiosität, wie er sie im Programm vorgefunden hatte, sie sprachen über die Möglichkeiten, die Religion durch das Programm weiter zu verbreiten und über die Wahrscheinlichkeit, dass dies geschehen würde, und zu welchen Ergebnissen dies führen könnte. So kam schließlich auch die Frage, was den heutigen Menschen lieber wäre, die Ungewissheit eines Glaubens oder die Gewissheit der Technik. Beide waren sich einig, dass die überwältigende Mehrheit sich lieber auf die Technik verlassen würde.

Es wurde langsam spät und so verabschiedete sich seine Nichte mit den Worten: „Naja, ich meine, jeder muss über sein Tun nachdenken, egal, ob er an Gott glaubt oder an die Technik. Vielleicht ist Gott auch ein Technikfreak, ein großer Programmierer, der in seinem Riesenspeicher die Schicksale aller Menschen gespeichert hat. Wer weiß?"

Dieses „Wer weiß?" verfolgte ihn in seinen Träumen, die von einem Programmierer namens Gott handelten. Dieser Programmierer sagte in seinem Traum: „Rotiner? Der? Neiiin!" und begann dann wie wild auf seine Tastatur einzuhämmern, aber je fester er draufdrückte, desto leichter wurde Rotiner, desto schneller schwebte er nach oben, direkt vor die Tastatur und als Rotiner sagte: „Ja? Hier bin ich!", da fing dieser Programmierer

namens Gott an zu schreien: „Falsch! Alles falsch! Ich
will dich hier nicht haben! Du bringst alles durcheinander! Du schreibst Zitate über mich, aber mit falschen Angaben! Stopp! Return! Mach schon! Return!!!" Als Rotiner aber am Morgen erwachte, konnte er sich nur noch
an das „Falsch!" und „Return!" erinnern.

Fast geistesabwesend machte er seine Routine-Ver-
beugung vor dem Programm. Frühstücken! Frühstücken und nachdenken! Er frühstückte wie vor dem Besuch seiner Nichte. Ha! Wie vor ihrem ersten Besuch! Er
musste innerlich lächeln, jetzt teilte er sein Leben schon
auf in ‚vor' und ‚nach' diesem ersten Besuch!

Aber es stimmte, irgendwie hatte sich sein Leben seit
diesem Besuch verändert, war interessanter, voller geworden. Davor hatte jeder Tag seinen geregelten Ablauf,
gingen die Tage dahin, ohne große Aufregung. Aber seit
diesem Besuch hatte sich alles verändert, seitdem waren seine Tage aufregender, aber auch anstrengender
geworden.

Aber da waren auch noch die Besuche bei Hellmuth
und sein Tod. Dies alles hatte ihn mitgenommen, ihn
schockiert, aber auch gezeigt, dass das Leben immer
noch aufregend sein konnte! Und gefährlich!

Dieser Brief! Was hatte es mit dem Brief auf sich? Weshalb hatte Hellmuth ihn geschrieben? Und dann an ihn
adressiert? Wer wusste denn überhaupt von dem Brief?

Er, seine Nichte, der Sportliche. Sonst noch jemand?
Ja doch, dieser Roboter, äh, nein, Android, der ihm den
Brief ausgehändigt hatte. Wie war Hellmuth überhaupt
gestorben? Nun ja, darauf würde er keine Antwort bekommen, das hatte der Android ja deutlich gesagt. Was
war mit den Robotern, die Hellmuth bewachen sollten

und trotzdem seinen Tod nicht verhindern konnten!? Waren die vielleicht sogar schuld an seinem Tod? Auf jeden Fall wussten die auch Bescheid über den Brief. Aber das waren ja auch Roboter, Blechteile ohne Gefühl, weil programmgesteuert.

Oh, ja, das Programm! Das Programm wusste natürlich auch von dem Brief! Und weil das Programm von diesem Brief wusste, dann wusste auch jeder, der sich im Programm auskannte, von dem Brief! Wenn also der Brief ein Geheimnis enthalten hatte, das Geheimnis der falschen Zitatennummern, dann war entweder das Geheimnis schon gelüftet und man konnte den Brief ohne Bedenken an ihn, Rotiner, geben oder das Geheimnis war noch nicht gelüftet und man hoffte, dass er es lösen konnte.

Wer war ‚man‘?

Fast sicher das Programm oder jemand, der dahinter stand, der sich im Programm auskannte! Aber weshalb nahm er eigentlich automatisch an, dass das Geheimnis noch nicht gelüftet war? Richtig, denn wenn das Geheimnis gelüftet worden wäre, dann hätte man den Brief ja auch einfach verschwinden lassen können, das hätte außer dem Programm und seinen Helfern doch niemand mitbekommen.

Also war das Geheimnis noch ungelöst und jemand hoffte, dass er, Rotiner, es lösen konnte! Nur, wer war dieser Jemand?

Nochmals, seine Nichte oder der Sportliche? Nein, so schätzte er die beiden nicht ein! Also blieb nur das Programm!

Irgendjemand benutzte das Programm, überwachte ihn, Rotiner, versuchte nachzuvollziehen, was er dachte, welche Kombinationen er anstellte.

Aus einem Gefühl heraus, aus einer Ahnung, Rotiner konnte es nicht genau benennen, aber er war sich sicher, das Geheimnis des Briefes hing mit dem Schaltkreis zusammen, dem Schaltkreis, dessen Erwähnung zwar erlaubt war, der aber praktisch nicht zur Verfügung stand. Sollten die falschen Zitatnummern möglicherweise zu einem solchen Schaltkreis führen?

Rotiner stutzte, überlegte, was wäre, wenn er solche Schaltkreise zur Verfügung hätte. Oh, wollte Hellmuth gerade ihm so etwas zur Verfügung stellen?

Jaa, das wäre möglich! Denn Hellmuth hatte, so überlegte sich Rotiner, vielleicht aus früheren Zeiten noch in Erinnerung, dass er, Rotiner, ein Elektronikbastler war, einer, der sich mit Elektronik auskannte. Hellmuth wusste vielleicht nicht, dass das Interesse von ihm, Rotiner, sich auf ältere, veraltete Bauteile verlagert hatte. Möglicherweise dachte Hellmuth, Elektronik ist Elektronik, also kann er, Rotiner, etwas damit anfangen!? Aber weshalb gerade er, Rotiner?

Vielleicht hatte Hellmuth aber auch gar keine Wahl. Nach fast zwei Jahren Einzelhaft, wie fühlte er sich da? Hatte er da sich geschworen, der erste Mensch, den er traf, der sollte sein Geheimnis erhalten?

Oh, das bedeutete, nicht das Programm! Hellmuth wollte auf keinen Fall, dass das Programm sein Geheimnis kannte. Also musste das Geheimnis mit dem Programm zu tun haben, war vermutlich gegen das Programm gerichtet, was wiederum auf den seltsamen Schaltkreis hindeutete.

Was hatte der ominöse Brief mit seinen falschen Zitatnummern damit zu tun? Welche Nummern waren das überhaupt? Denn es gab ja die im Brief angegebenen falschen Nummern und es gab die eigentlich richtigen Nummern. Wieso eigentlich Nummern? Wozu Nummern? Telefonnummern konnten es nicht sein, denn Telefone wie früher gab es ja fast gar nicht mehr, man hatte ja das Programm und damit automatisch die richtigen Verbindungen.

Identitätsnummern? Versicherungsnummern, auch Sozialversicherungsnummern? Aber die waren doch eigentlich länger, oder? Koordinaten? Aber dann hätten es acht oder zwölf Nummern sein müssen! Oh, da gab es ja noch die Schließfächer in Bahnhöfen. Aber waren die nicht siebenstellig? Fragen über Fragen!

Nach seinem Frühstück und dem darauffolgenden intensiven Nachdenken entschied er sich nicht für einen Spaziergang den Mittenberg hinauf, sondern für das weitere Suchen nach Fallo, dem verflixten Schaltkreis. Aber als er nach langem Suchen dann auf die Uhr sah und feststellen musste, dass es beinahe schon 12 Uhr war und er besser den Mittenberg hochgelaufen wäre, denn er hatte nichts über Fallo gefunden, keine Neuigkeiten, keine alten Sachen, da war er einerseits enttäuscht, andererseits erleichtert und hoffte auf ein gemeinsames Mittagsessen mit seiner Nichte und dem Sportlichen.

Seine Haustür meldete sich mit ihrem üblichen „Pling", trotzdem zuckte er zusammen. Aber dann rannte er fast zur Tür, erkannte auf dem Monitor seine Nichte, öffnete und begrüßte sie. Endlich jemand, mit dem er sprechen konnte. Halt, nein, noch nicht, er musste ja auch noch auf den Sportlichen warten! So öffnete er die Tür noch weiter und schaute an seiner Nichte vorbei in den Gang. Nein, niemand zu sehen!

Aber seine Nichte schaute ihn daraufhin gespielt böse an und feixte: „Hallo, Onkel, hier bin ich!" Mit einem Lächeln kam sie seiner Frage zuvor: „Er kommt bestimmt gleich, das hat er mir vor einer halben Stunde versprochen. Darf ich reinkommen?" Rotiner wurde rot im Gesicht. Die Watschen hatte er sich aber auch wahrlich verdient! „Entschuldige bitte, ich war ganz in Gedanken. Dabei kann man dich kaum übersehen, geschweige denn vergessen!" Mit einer Handbewegung bat er sie herein und bald saßen sie zusammen wartend in der Küche. Seine Nichte erzählte von ihrem neuen Job, von den Kollegen, die sie, so ihr Eindruck, recht nett empfangen hatten.

Rotiner erzählte von seiner Suche nach „alten Bauteilen", wobei er das Wort „alte" auf eine so übermäßige Art betonte, damit seine Nichte speziell auf dieses Wort aufmerksam wurde. Sogleich merkte Rotiner, dass ihr eine Frage auf der Zunge brannte, sie diese aber, nach einem Kopfschütteln von ihm, doch nicht stellte.

Bald darauf klingelte seine Tür wieder mit dem metallischen „Ping" und Rotiner ließ den Sportlichen, der ihr Essen trug, herein.

So saßen sie um den Küchentisch herum und, nachdem der Sportliche genickt hatte, trug Rotiner seine Ideen und Gedanken vor, ab und zu unterbrochen von den beiden. Danach, die Teller standen noch auf dem Tisch, überlegten sie zusammen, welches Geheimnis die fünf-mal-zwei Zahlen der Bibelzitate bergen mochte. Seine Nichte meinte, vielleicht hinge das Geheimnis mit dem zusammen, was Hellmuth vor seiner Einweisung gemacht habe. Rotiner dachte kurz nach, dann erzählte er von dem, was Hellmuth beim ersten Treffen von sich gegeben hatte. „Aha, Hellmuth war also in New York, er holt sein Gepäck, geht aus dem Gebäude und …"

„Halt", unterbrach sie der Sportliche, „Er hat aber auch gesagt, an dem Tag seien die Aufnahmegeräte ausgefallen. Vielleicht, nein, bestimmt ist das wichtig!"

„Na gut, die Geräte waren ausgefallen. Ach so, dann könnte er ja alles Mögliche im Flughafen getrieben haben. Anschließend geht er aus dem Gebäude, da warten schon die Roboter!"

„Eben! Die haben auf ihn gewartet! Wegen der ausgefallenen Geräte wussten die nicht, wo er war. Deshalb haben sie gewartet, bis er rauskam. Wenn Hellmuth sie aber schon vorher gesehen hatte, dann konnte er alles Mögliche unternehmen, solange er sich von den Kontrollposten oder den Robotern an der Sperre fernhielt. Der Flug von New York, der ist meist ziemlich voll, da kommen viele Leute an. Da fällst du nicht gleich auf!"

Die Nichte schaute Rotiner nachdenklich an. „Onkel, vielleicht brachte Hellmuth etwas aus New York mit und versteckte es, als er die wartenden Roboter sah. Oder schloss es ein, vielleicht in einem Schließfach. Wie ist das? Schließfächer haben eine siebenstellige Codenummer. Und wenn du ein Konto nennst, dann wird, bis du dein Zeug abholst, das Geld für das Schließfach von deinem Konto abgebucht. Wenn du dein Zeug abholen willst, musst du die siebenstellige Codenummer eingeben, dann geht das Schließfach auf!"

Der Sportliche schaute sie ganz erstaunt an. „Miss Sherlock Holmes, Sie haben soeben den Fall fast gelöst! Das war beispielhaft! Jetzt müssen wir nur noch herausfinden, welches Schließfach Hellmuth genommen hat. Und dann, welche sieben Ziffern von den zehn Ziffern dazu passen. Über das Konto, so glaube ich, erfahren wir nichts, denn Hellmuth war sehr vorsichtig, sonst wäre das Schließfach schon geöffnet und das darin Befindliche beschlagnahmt worden. Also sollten wir uns die Schließfächer mal genauer anschauen! Wer macht das? Herr Rotiner, ich glaube, Sie sollten sich da etwas zurückhalten, das ist eher etwas für uns zwei." Und an die Nichte gerichtet: „Wolltest du nicht wieder einmal den Flughafen besichtigen?" Die Nichte grinste ihn an, worauf er fragte: „Wie wäre es denn mit übermorgen? Da könnte ich mich freimachen!"

Die Nichte fing an zu lachen: „Übermorgen? Und nur Flughafenbesichtigung? Keine Reise nach New York? Naja, ausnahmsweise!" „Langsam, langsam!", rief Rotiner, „Nur nicht so schnell! Da fehlen uns doch noch die Codenummern!" „Ach ja, natürlich, das ist ja das Wichtigste! Onkel, du hast die doch alle rausgeschrieben, zeig doch mal die Liste!"

Rotiner holte seine Liste und alle drei steckten ihre Köpfe zusammen. „Ich habe hier die kompletten Angaben herausgeschrieben, aber ich glaube, die wichtigen Nummern sind die Kapitelnummern, denn die Versangaben und die Buchangaben sind alle richtig. Nur die Kapitelnummern sind falsch. Außerdem sind das auch oft hohe Zahlen, hier zum Beispiel die Nummer 52 vom Buch Jesaja oder sogar der Psalm Nummer 86. Das ist verständlich, denn die Codenummern von einem Schließfach bestehen ja nicht nur aus niedrigen Zahlenkombinationen. Aber in welcher Reihenfolge die zu lesen sind, keine Ahnung!" „Ich habe auch keine Ahnung!", sagte der Sportliche und wandte sich der Nichte zu: „Du vielleicht?" „Halt, wartet mal", sagte da die Nichte, „vielleicht sind die Buchangaben wichtig! Schaut mal, wir haben hier etwas aus dem Buch ‚Ex', etwas aus ‚Gen', da kommt was aus Hiob, da was aus ‚Jes' und zuletzt etwas aus einem Psalm! Könnte es nicht sein, dass diese Angaben nach dem Alphabet geordnet werden müssen? Also die 18 aus Ex, die 49 aus Gen, die 35 aus Hiob, die 52 aus Jes und die 86 aus den Psalmen. Dann hätten wir die Zahl 1849355286. Und mit der schauen wir mal die Schließfächer am Flughafen an. Mal sehen, was dabei herauskommt!"

„Wow! Ich bin beeindruckt! Wo holst du das nur alles her?" Der Sportliche lächelte die Nichte an. Die lächelte zurück: „Herrscht hier keine Gleichberechtigung? Manchmal muss man oder frau etwas tun, und manchmal muss frau oder man nachdenken. Jetzt seid ihr wieder an der Reihe!"

Rotiner und der Sportliche grinsten sich an. „Ja, ja, so ist sie halt!", sagte der Sportliche und Rotiner nickte.

„Also, wir sind uns einig. Dann treffen wir uns hier wieder übermorgen Abend!", schloss Rotiner die Unterhaltung und die beiden stimmten zu.

Der nächste Tag brachte nicht viel Neues, keine neuen Informationen über „Fallo" und auch keine neuen Erkenntnisse über den Brief. Den Vormittag verbrachte Rotiner mit der vergeblichen Suche nach „Fallo", das Mittagessen, Reis mit irgendeiner Soße und Fleischstückchen, brachte der übliche Essensroboter. Am Nachmittag ging Rotiner wieder den Mittenberg hinauf, sah mit zwei anderen Personen von der Aussichtsplattform hinunter auf die Stadt, wurde auf dem Rückweg vom Regen überrascht und kam ziemlich nass wieder in seiner Wohnung an.

Auch eine weitere Suche nach „Fallo" nach dem Abendessen brachte keine weiteren Informationen. So ging er müde und unzufrieden ins Bett, hatte in der Nacht aber keine Alpträume, zumindest nicht solche, an die er sich am nächsten Morgen erinnert hätte.

Wieder ein neuer Tag. Ach, heute sollte ja das große Finale am Flughafen stattfinden, dachte Rotiner kurz nach dem Aufstehen. Er war gespannt, was die da finden würden!

Er absolvierte seine alltägliche Verbeugung vor dem Programm, auch wenn er diesem jetzt recht ablehnend gegenüberstand, gelang es ihm, mit seinen Reminiszenzen ein fröhliches Gesicht aufzuziehen, frühstückte, aber es schmeckte ihm nicht so wie sonst, er war zu gespannt, zu aufgeregt. Um dies nicht seinem Emissiac zu zeigen, beschloss er, nochmals den Mittenberg zu ersteigen.

Als er müde und erschöpft wieder zuhause ankam, wartete auf ihn nur eine leere Wohnung. Schade, aber es hätte ja sein können, dass die beiden schon alles erledigt hätten. Naja, vielleicht kamen sie ja noch, es war ja noch nicht mal Mittag. Halt, nein, die wollten ja sowieso erst am Abend kommen! So ein Mist, jetzt musste er den ganzen langen Nachmittag warten.

Es wurde ein sehr langer Nachmittag. Andauernd sah er auf die Uhr, die Sekunden und Minuten aber schlichen nur dahin. Er versuchte es im Programm, fand aber nichts Passendes, nichts, was ihn so richtig gefesselt hätte. Er versuchte es mit seinem Hobby, zuerst mit dem Sichten der alten Bauteile, danach auch mit einer alten Bauanleitung, aber er war nicht richtig bei der Sache. Die Schaltung, so wie er sie aufgebaut hatte, funktionierte nicht und als er sie überprüfte, fand er gleich zwei Fehler, die ihm früher nie passiert wären. Zeitweise döste er nur und starrte zum Fenster hinaus.

Endlich wurde es Abend, und er saß da wie auf glühenden Kohlen, bereit, beim ersten Ton seiner Türglocke aufzuspringen. Der Essensroboter kam, brachte sein Abendessen. Rotiner hatte zum Glück vorher auf den Monitor geschaut, sonst hätte der sich gewundert, warum ein Abendessen so sehnlichst erwartet wurde.

Er musste sich zwingen, jeden Bissen langsam zu kauen, trotzdem war das Abendessen viel zu schnell zu Ende und die beiden waren immer noch nicht da! War da etwas schiefgegangen? Hatten sie sie erwischt? Was konnte denn noch alles schiefgehen? Er musste seine pessimistischen Gedanken mit aller Macht beiseiteschieben, denn so, wie er sich da aufführte, würde das Programm ja gleich eine Kontrolle bei ihm vorbeischicken, die ihm Beruhigungspillen geben würde.

Er zwang sich dazu, ruhiger zu werden, zwang sich dazu, sich im Programm irgendeine Diskussionsgruppe herauszusuchen, zum Beispiel eine, die sich mit der Zubereitung von Essen beschäftigte.

Er hörte sich gerade eine Belehrung über die Zubereitung von Nudeln an, als das „Pling" ertönte. Endlich! Er meldete sich kurz ab, ging zur Tür, sein Monitor zeigte, dass seine Nichte und der Sportliche vor der Tür standen und anscheinend guter Laune waren.

Rotiner ließ sie herein und beherrschte sich dabei. Er wollte sie nicht schon im Flur mit Fragen überschütten. Als sie in der Küche saßen, erzählten die beiden abwechselnd von ihrem Besuch des Flughafens.

Seine Nichte hatte leuchtende Augen, als sie davon erzählte, wie sie entdeckt hatten, dass der Flug aus New

York die Flugnummer 184 hatte, immer noch, genauso wie vor zwei Jahren. Die 184 war also die dreistellige Zahl vor dem eigentlichen siebenstelligen Zahlencode! Das war ja ein Ding! Aber dann war da ja immer noch das Problem, das richtige Schließfach zu finden.

Die Schilderung des Sportlichen überschlug sich: „Wie hätte Hellmuth das gemacht? Der hätte die Kontrollposten bestimmt im Auge gehabt und auch die Roboter an den Sperren." So hätten sie herausgefunden, dass nur eine bestimmte Ecke mit Schließfächern in Frage kam. Denn nur diese Ecke könnte weder von den Sperren aus noch von den zwei Kontrollposten aus eingesehen werden. So hätten sie dann die zirka 30 Schließfächer ausprobiert und eins hätte sich mit dem Zahlencode öffnen lassen.

Als Rotiner sie auf die Kameras ansprach, die bestimmt auch diesen Bereich überwachten, entgegnete der Sportliche ganz offen: „Ja, natürlich gibt es dort Kameras und die haben uns bestimmt auch erfasst. Aber wir haben so getan, als ob wir die Nummer des Schließfachs vergessen hätten, haben uns vor den Schließfächern gestritten, als ob der jeweils andere die Nummer hätte behalten sollen und doch vergessen hätte. Dann fanden wir endlich das richtige Schließfach und darin war eine Schachtel! Aber die gleich mitzunehmen, das war uns etwas zu suspekt und deshalb erkundigte sich deine Nichte sogar bei einem Kontrollposten, ob er ihr bei den Schließfächern helfen könnte, worauf der für sie die Schachtel in ein anderes Schließfach einschloss, zu dem sie jetzt die Kombination hat! Deshalb fahren wir morgen nochmals zum Flughafen und holen die Schachtel, wie gesagt, für heute war uns das zu unsicher!" Rotiner hatte der Schilderung mit offenem Mund gelauscht, beinahe hätte er geklatscht.

Aber bei dem letzten Satz stöhnte er auf. Jetzt wussten sie immer noch nicht, was Hellmuth aus New York mitgebracht hatte. Er musste sich bis morgen gedulden! Das heutige Warten hatte ihn schon zermürbt, wie sollte er da den morgigen Tag überstehen? Aber es half alles nichts, vor morgen Nachmittag, nein, eher Abend hatten sie keine Gewissheit! Es verlief tatsächlich so, wie Rotiner es befürchtet hatte. Der nächste Vormittag zog sich hin wie Gummi, er erwischte sich dabei, dass er innerhalb von einer Stunde fünfmal auf die Uhr schaute. Aber der Vormittag brachte ihm auch etwas Neues. Er loggte sich wieder in den inzwischen bekannten Bastelclub ein, und von einem seiner Bastelkollegen erfuhr er, dass „Fallo", dieser besondere Schaltkreis, jetzt sogar für Privatleute verboten worden war; das hieß, man durfte ihn nicht einmal mehr besitzen. Angeblich wären die Personen, die einen solchen erworben hätten, bereits kontaktiert worden. Aha, so dachte Rotiner, also wird man dadurch, dass man sich einen zulegt oder zugelegt hat, automatisch schon ein Straftäter, einer, den man ohne große Probleme festnehmen konnte.

Der Nachmittag glich dem Vormittag, nach dem Mittagessen versuchte sich Rotiner erst an einem Mittagsschläfchen, aber es reichte nur zum Dösen, zum richtigen Schlaf war er zu nervös, zu zappelig. Ab dem späten Nachmittag zählte er die Viertelstunden, auch die Teilnahme an einer Diskussionsrunde im Programm half ihm nicht viel weiter.

Kurz vor dem Abendessen meldete sich dann sein Emissiac und auf dem Bildschirm erschien seine Nichte. Sie fragte an, ob sie heute Abend noch bei ihm vorbeikommen könne, mit ihrem Partner, und hatte dabei ein Lächeln im Gesicht. Aha, anscheinend war dies ein Kontrollruf, sie wollte eine offizielle Einladung! Selbstverständlich könnte sie kommen, sagte er, sie wäre doch seine Nichte!

Der Unterschied zum gestrigen Abendessen, das fiel ihm auf, der war gewaltig. Heute konnte es gar nicht schnell genug vorbeigehen und so stopfte er es in sich hinein, ohne groß darüber nachzudenken, was er da aß. Danach saß er wieder einmal wartend da und machte sich Gedanken über das, was die beiden mitbringen würden. Der Sportliche hatte eine Schachtel erwähnt, die sie erhalten hätten. Eine Schachtel enthält normalerweise keine großen Gegenstände. Er sprach ja auch nicht von einem Karton Konfekt, wenn er eine Schachtel meinte. Also waren vermutlich kleine Teile darinnen, kleine Teile wie beispielsweise elektronische Schaltkreise? Dann endlich kamen sie und der Sportliche hielt einen kleinen Karton in der Hand und trug ihn, als wäre es eine Sahnetorte. Rotiner bat sie in seine Küche, sie setzten sich und der Sportliche schob ihm diesen kleinen Karton zu.

Rotiner schaute den Karton an, irgendwas in ihm sperrte sich, widerstand der Versuchung, sich auf dieses flache Viereck zu stürzen, es anzufassen und aufzumachen. Außerdem bemerkte er, dass es nur noch an einer Seite zugeklebt war, die anderen Seiten, er schaute genauer hin, ja, die waren schon geöffnet. Er schaute auf, fing an zu grinsen und sagte: „Aha, ihr wisst also schon, was drinnen ist!"

Seine Nichte nickte und lächelte zurück. „Mach ruhig auf, es ist zwar eine Bombe, aber nichts Explosives."

Da griff Rotiner zu, öffnete den kleinen flachen Karton und schaute hinein. „Ha ha ha!", hörte er von seiner

Nichte, als er erstaunt den Kopf hob. In dem Karton lag eine Packung eines bekannten Herstellers von Pralinen! Oh, hatte Helmuth sie, ungewollt, so hereingelegt? Er nahm die Pralinenschachtel heraus und schaute sie sich genauer an. Aha, auch die Pralinenschachtel war schon mal geöffnet, aber danach wieder fein säuberlich zugeklebt worden.

Rotiner blickte nochmals in die Runde, wie um sich Zustimmung zu holen, dann riss er die Verpackung auf. Darinnen waren, wie üblich, erst einmal eine Lage Aluminiumfolie, der vorgeformte Pralineneinsatz war wie in ein Handtuch eingeschlagen. Er klappte den oberen Teil der Folie auf und, keine Pralinen!

In jeder Vertiefung lag ein kleiner Schaltkreis!

Rotiner zählte mit offenem Mund: ein, zwei, drei … fünfzehn Schaltkreise! Fünfzehn! Er hob den Blick und schaute seine Nichte und den Sportlichen an. Fünfzehn! Seine Gedanken sausten durch seinen Kopf, überschlugen sich, spielten da oben drinnen Purzelbaum. Fünfzehn! „Wie ist denn Hellmuth an so viele drangekommen?", hauchte er entgeistert.

Der Sportliche zuckte mit den Schultern. „Keine Ahnung! Wir können ihn auch nicht mehr fragen. Also sollten wir dieses Geschenk dankend annehmen. Ich glaube nicht, dass es sinnvoll wäre, noch weiter nach dem Hintergrund und der Herkunft dieser Dinger zu forschen, nein, das wäre zu gefährlich. Also, teilen wir sie auf. Was meinst du, wärst du mit drei Stück zufrieden?" Rotiner lächelte, es war das erste Mal, dass er von dem Sportlichen mit „Du" angeredet wurde. Oh ja, sie waren eine, wie hieß das, eine konspirative Gemeinschaft! Und drei Stück? Eigentlich war er ja schon mit einem Schaltkreis zufrieden. Ja, einer würde genügen, zur Not wüsste er ja noch jemanden, der ihm aushelfen konnte. So riss er einen Streifen Alufolie ab, hob eins dieser Dinger mit spitzen Fingern aus seinem Pralinenbett und steckte diesen Chip mit seinen Beinchen in die Folie, dann noch einen und nochmals einen. Danach schob er die Schachtel mit den restlichen zwölf Schaltkreisen wieder zurück zu dem Sportlichen. Der sah ihn fragend an, meinte: „Nur drei? Naja, ok! Übrigens, die kommen gerade rechtzeitig, ab morgen ist wieder ganz normaler Alltag! Mit Emissiac und Programm!", und packte die Schachtel wieder zusammen, legte sie wieder in den Karton.

In der darauffolgenden Stunde spekulierten sie über die Herkunft der Teile und Rotiner informierte sie über die weiteren Versuche, die er mit diesem Schaltkreis anstellen würde. Er war nicht so versiert mit diesen modernen Sachen, aber er hoffte, sich einige Ratschläge zum Beispiel bei dem Kollegen holen zu können, der wegen dieses Schaltkreises abgemahnt worden war.

Sie redeten und diskutierten, bis auf einmal der Sportliche auf seine Uhr sah und sagte: „Oh, ist es schon so spät? Wir müssen los. Einen schönen Abend noch und viel Glück beim Basteln. Vielleicht komm ich morgen Mittag wieder, aber das ist noch nicht gewiss! Ach, und räum diese Elektronikkäfer weg, bevor ..." und er warf einen hinweisenden Blick auf die Emissiac. Rotiner nickte und verstaute die Teile an einer nicht sogleich sichtbaren Stelle.

Auch seine Nichte hatte sich erhoben, warf Rotiner wieder ihr blitzendes Lächeln zu und verabschiedete sich. Nachdem Rotiner die beiden hinausbegleitet hatte, kam er zurück, setzte sich an den Küchentisch und versank ins Grübeln. Also hatte Hellmuth tatsächlich, so wie er vermutet hatte, mit diesem Schaltkreis experimentiert oder experimentieren wollen. Was war nur so besonders an diesem Schaltkreis?

Ja, er brauchte unbedingt eine Anleitung, aber mit seinen geringen Kenntnissen von den modernen Schaltkreisen und mit seiner veralteten Ausstattung, da musste er sich erst mal bei anderen Leuten schlau machen. OK, er hatte schon an diesen Bastelkollegen gedacht, der schien ihm am ehesten geeignet. Vielleicht hatte der ja auch schon eigene Erfahrungen gesammelt. Außerdem war der wegen seiner Maßregelung bestimmt nicht gerade gut auf das Programm zu sprechen. Andererseits sprach gegen ihn, dass der ja schon aufgefallen war, dem Programm schon als Querdenker bekannt war. Vielleicht wurde der deswegen besonders scharf überwacht. Also musste er das Thema ganz vorsichtig, behutsam ansprechen. Gleich heute Abend? Nein, nur nichts überstürzen, obwohl es ihm in den Fingern juckte. Morgen war auch noch ein Tag!

Mit diesen Gedanken ging er zu Bett, aber es dauerte doch, bis er eingeschlafen war. Zu viel ging ihm im Kopf herum.

Am nächsten Tag, zum Glück hatte er in der Nacht nicht geträumt oder keine Erinnerung daran, nahm er sich nach seinem täglichen Verbeugungsritual und noch vor dem Frühstück vor, gleich anschließend diesen Kollegen zu kontaktieren. Eine knappe Stunde später meldete er sich aus dem Programm ab, stieß dabei ein lautes „Ufffff!" aus. Wenn der Briefdienst ordentlich und schnell arbeitete, dann würde er übermorgen irgendwelche Bastelunterlagen erhalten im Austausch zu dreien seiner heißgeliebten Uralt-Leistungstransistoren. Die gab er gerne her, wenn er dafür ein paar ordentliche Anleitungen für diesen Schaltkreis bekommen würde. Er packte diese Teile sorgfältig ein, legte ein kurzes Schreiben dazu, in dem er seinen Dank für dieses Tauschgeschäft bekundete, brachte schließlich alles zu einer Versandzentrale. Und jetzt hieß es wieder einmal für ihn: warten!

Zwei Tage später klingelte ein Paketbote, ja, die gab es immer noch, obwohl immer noch oder immer wieder an einer automatisierten Zustellung herumexperimentiert wurde, lieferte einen dickeren Briefumschlag an ihn ab. Rotiner musste sich sehr beherrschen, ja geradezu zwingen, den Brief mit einer gelassenen Miene entgegenzunehmen. Es war ihm in diesem Augenblick sehr bewusst, dass auch in der Wand auf dem Treppenabsatz vor seiner Tür ein Emissiac eingebaut war, eine Standardeinrichtung in jedem Stockwerk und in jedem Haus der Stadt, dass außerdem seine Nachbarin bestimmt mitbekam, dass er einen Brief erhielt. Drinnen legte er den Brief ungelesen erst auf den Küchentisch und dann, als sei er nicht allzu wichtig, auf seinem Bett ab. Zirka eine Stunde später nahm er den Brief wieder an sich, setzte sich auf die Toilette und fing an zu lesen. Weil der Emissiac auf seiner Toilette zwar keine Bilder aufnahm, aber Geräusche trotzdem identifizieren konnte, bemühte er sich, möglichst wenige und auch nur passende Geräusche zu machen.

Schon die ersten Sätze trieben ihm den Schweiß auf die Stirn. Da hatte er sich ja eine schöne Aufgabe ausgesucht. Von dem, was da in dem Brief stand, verstand er nur die Hälfte, naja, schon ein bisschen mehr, aber manches war doch neu für ihn, besonders einige Begriffe, die sich ihm noch nicht mal ansatzweise erschlossen.

Er las den Brief erst einmal komplett durch, notierte sich im Geist einige der neuen Wörter, deren Sinn er ergründen musste, schaute sich auch einige der Zeichnungen, der Diagramme und der Schaltpläne an, die mitgeliefert worden waren. Dann verabschiedete er sich mit einem kräftigen Pups von seinem stillen Örtchen und brachte, nachdem er ein paar Ablenkungsmanöver für den Emissiac in seiner Schlafkoje gestartet hatte, den Brief zur Sicherheit in einem seiner Bücher unter.

Die weiteren Stunden verbrachte er vor seinem Emissiac in der Küche, wo er auf dem Küchentisch diverse elektronische Utensilien ausgebreitet hatte und bei seiner Fragerei im Programm ab und zu mit einem Lötkolben wedelte, nur um unwillkommenen Fragen vorzubeugen. So gelang es ihm, sich einen großen Teil der technischen Fremdwörter erklären zu lassen, die in der Bauanleitung genannt worden waren. Er hatte sogar das für ihn unwahrscheinliche Glück, dass ihm eine offizielle Reparaturannahmestation eines der kritischsten Wörter penibel erklärte, sogar Ratschläge für die praktische Umsetzung gab und am Ende der Erklärung nur in einem Nebensatz erwähnte, dass dieses Wort manchmal auch in Verbindung mit dem ungeliebten Schaltkreis verwendet wurde.

Als die Mittagessenszeit nahte, meldete er sich, ziemlich stolz auf sich, aus dem Programm ab und wartete dann auf den Essensroboter. Als der reparierte Essensroboter kam und seinen gewünschten Auflauf lieferte, wunderte sich Rotiner. Komisch, der Sportliche hatte ihm doch versichert, dass der Roboter wieder hundertprozentig in

Ordnung wäre, trotzdem hatte Rotiner den Eindruck, der hätte immer noch eine kleine Macke, der hinke noch etwas, nicht viel, aber doch so, dass der Gang dieses Roboters ein kleines bisschen ungleichförmig wirkte. Vielleicht sollte er ihn Mr. Humpel nennen!, Also nachdem dieser Hinke-Roboter seinen Auflauf gebracht hatte, setzte sich Rotiner zum Essen hin und überlegte währenddessen,, wie er einen funktionstüchtigen Aufbau für den Schaltkreis planen sollte.

Auch dabei half ihm wieder die bereits bekannte Bastelgruppe, die waren sogar begierig, ihm zu helfen, und Rotiner musste die Leute mehrmals in die Irre führen, um zu verhindern, dass sie mitbekamen, für was er diese Schaltung tatsächlich benötigte. Mitten hinein in die Diskussion mit ein paar Bastelfreaks tönten plötzlich zwei Geräusche, die ihn auffahren ließen, erstens ein Grollen, ein Grollen aus seinem Magen! Er schaute auf seine Uhr, ja tatsächlich, er war jetzt schon seit sechs Stunden an diesem Aufbau, sechs Stunden waren seit dem Mittagessen vergangen! Kein Wunder, dass sich sein Magen meldete, darauf folgte das „Ping" von seiner Tür! Er hob den Kopf und siedend heiß fiel es ihm ein, heute Abend wollte ja seine Nichte vorbeikommen!

Er schob mit seinem Ärmel die eine Hälfte seines Küchentisches frei, eilte hinaus, warf kurz einen Blick auf seinen Türmonitor, sah die bekannte Gestalt und öffnete, strahlte sie an.

„Hallo, Onkel", sagte sie verdutzt, denn so hatte er sie noch nie empfangen.

„Komm rein, komm rein!" Sie spürte seine Begeisterung, er hatte wohl mit irgendeiner Sache Glück gehabt und wollte dies ihr jetzt mitteilen. War das klug?

Aus dieser Überlegung heraus versuchte sie, Rotiner zu bremsen: „Onkel, er kann leider heute Abend nicht kommen, er ist gar nicht in der Stadt!"

Rotiners freudige Miene verwandelte sich, wich einem verdutzten, vielleicht sogar enttäuschten Gesichtsausdruck. Da hatte er endlich den Einstieg gefunden in die neue Welt der Chips, der Sonderschaltkreise, und er durfte es keinem mitteilen! So ein Mist! Aber vielleicht morgen, da wäre es doch möglich, in der Zwischenzeit könnte er ja schon anfangen mit der Elektronik! Seine Miene entspannte sich wieder, ein Lächeln huschte über seine Züge. „Aber dass du da bist, das ist bestimmt genau so gut, wenn nicht noch besser!" „Naja", meinte sie lächelnd, „wenn das so ist! Was hast du denn als Abendessen bestellt?" „Oh, wenn ich das gewusst hätte! Soll ich mal schauen, ob es noch Auflauf gibt?" Er aktivierte seinen Emissiac, wählte wieder aus den angebotenen drei Speisen den Auflauf aus, gab seine Bestellung auf und erhielt auch sogleich die Information, dass er den Auflauf in einer Viertelstunde geliefert bekäme. Er drehte sich zu seinem Besuch um und meinte: „Dies ist doch eigentlich ein schöner Tag und zum Abschluss bekommst du auch noch deinen Auflauf! Prima!"

So saßen sie zusammen, unterhielten sich über ihre Arbeit, ihre Kollegen und Rotiner erzählte von seinen Basteleien, wobei er aber speziell die Schwierigkeiten mit Fallo, dem ominösen Schaltkreis, nicht erwähnte. Sie amüsierten sich über die sonderbaren Zufälle, die seltsamen Kollegen, erörterten die verschiedenen Aspekte bei der Wohnungs- und Arbeitssuche. Es war verständlich, dass dabei immer wieder auch ‚das Programm' erwähnt wurde, aber wenn sie daran Kritik äußerten, dann in einer Art und Weise, dass diese Kritik in wohlverpackten Worten ausgesprochen wurde. Viele Menschen hatten sich diese Art, Gespräche zu führen, so angewöhnt, niemand würde ihnen daraus einen Strick drehen können, davon waren sie überzeugt. So redeten sie den ganzen Abend, bis es für die Nichte Zeit wurde zu gehen. Zufrieden ging er zu Bett, heute war es doch für ihn eigentlich ein schöner und erfolgreicher Tag gewesen. Was wohl der morgige Tag bringen mochte?

Er wurde recht früh wieder wach, kein Wunder bei dem Krach, den irgendwelche Handwerker oder Roboter im Treppenhaus veranstalteten. Er machte seine Morgenwäsche und seine tägliche Verbeugung, zog sich an und schaute nach. Als er seine Wohnungstür öffnete, quoll ihm eine Staubwolke entgegen. Anscheinend war der elektronische Staubsauger nicht in Ordnung, jedenfalls, es staubte! Gewaltig! Er konnte kaum seine Nachbarin sehen, die in der gegenüber liegenden Wohnungstür stand und die stattfindenden Arbeiten begutachtete.

Aha, anscheinend wurden neue Emissiacs im Treppenhaus eingebaut. Ein Handwerker machte sich an der Treppenhauswand zu schaffen, er kniete davor und bohrte mit einem Gerät in der Wand herum, während ein Mechrobot, also ein für mechanische Arbeiten ausgerüsteter Roboter, soeben an einem größeren Bildschirm herumhantierte, der an die Wand gelehnt war. Außerdem war da noch ein anderer Mechrobot, der wartend auf dem Treppenabsatz stand.

Warum keiner der Mechrobots diese staubige Angelegenheit erledigte, war Rotiner nicht klar, bis er das immer größer werdende Loch in der Wand erspähte. Wieder brach ein etwas größeres Stück Verputz aus der Wand und löste eine größere Staubwolke aus. Rotiner wandte sich für kurze Zeit ab, dann schaute er wieder zu, wie der Arbeiter weiter in der Wand stocherte. Anscheinend war genau dieser Wandabschnitt nicht sehr gut verputzt worden, immer noch rieselte feiner Sand aus dem inzwischen recht großen Loch. Jetzt klopfte der Arbeiter den Verputz rund um das Loch herum ab, anscheinend war der restliche Verputz fest genug. Dann drehte er sich zu einem der Mechrobots zu, befahl ihm, irgendwelchen Mörtel Verputzzeug anzurühren und erhob sich.

Der eine Mechrobot machte sich auf den Weg nach unten, der andere trat einen Schritt näher, vermutlich, um irgendeine Hilfestellung zu leisten. Dabei geriet der Wohnungsflur von Rotiners Wohnung in sein Blickfeld. Sofort reagierte der Mechrobot, zeigte mit seiner Blechhand auf den zugedeckten Emissiac in Rotiners Flur und machte einen Schritt in Richtung von Rotiner. Dabei übersah er die elektrische Leitung, die von einer Steckdose in der Ecke des Treppenaufsatzes zu dem Bohrgerät führte. Oder aber, Mechrobots waren ja für diese Art von Arbeiten gebaut, er registrierte diese Leitung am Boden, ging aber davon aus, dass diese Leitung für ihn keine Gefahr darstellte.

Er hob gerade seinen linken Fuß an, um über die Leitung zu steigen, als diese Leitung straffgezogen wurde, so straff, dass sie beide Füße blockierte und der Schwung ihn nach vorn kippen ließ. 100 kg Plastik, Blech und Elektronik krachten auf den Boden, es schallte durch das ganze Treppenhaus, als dieser Roboterberg auf den Treppenabsatz knallte. Zwar zuckten seine Arme nach vorn, um den Sturz zu verhindern oder zu dämpfen, aber auch seine roboterschnelle Reaktion genügte nicht, um diesen Sturz abzufangen. Vor allem aber hatte er sich, als die Leitung ihn so abrupt am Weitergehen hinderte, etwas gedreht und so prallte sein Kopfteil, das Teil mit den einem menschlichen Kopf nachempfundenen Seh-, Hör- und Sprechorganen, mit Wucht auf die unterste Treppenstufe.

Der Mechrobot zuckte noch einmal kurz und blieb dann regungslos liegen. Erschrocken schaute Rotiner zuerst zu dem Arbeiter, der mit offenem Mund diesem Fall zugesehen hatte, dann fiel sein Blick auf seine Nachbarin. Er sah, dass deren Blick den seinen suchte, ein Blick, der genauso wie der zugekniffene Mund klarmachte, dieser Fall war gewollt, schnell geplant und ausgeführt. Rotiner brauchte gar nicht erst zu ihren Beinen zu schauen, er musste gar nicht erst die Leitung an ihrem Fuß sehen, er wusste, sie hatte diesen Mechrobot bewusst zu Fall gebracht. Er öffnete den Mund, wollte sie fragen: „Warum?", aber sie nickte ihm nur zu, trat einen Schritt nach hinten und schloss ihre Wohnungstür von innen. Rotiner stand immer noch mit offenem Mund da, als der Arbeiter, anscheinend wollte dieser nicht nur auf seinem persönlichen Übertragungsgerät Meldung machen, auf ihn zutrat und ihn bat, seinen Emissiac benutzen zu dürfen. Selbstverständlich Rotiner gab den Weg zu seiner Wohnung frei und der Arbeiter stolperte an ihm vorbei, Rotiner räumte mit zwei schnellen Handbewegungen seinen Emissiac im Flur frei und warf den Mantel und die Jacke, die bisher seinen Emissiac verdeckt hatten, auf einen Stuhl in seiner Küche. Der Arbeiter hatte sich inzwischen angemeldet, gab den „Unfall" seines Mechrobots bekannt, wurde nach Umständen und Gründen für den Unfall gefragt und gab an, der Mechrobot sei über eine Leitung gestolpert.

Noch genauere Angaben konnte er nicht machen, er fragte aber Rotiner, ob dieser etwas gesehen habe. Als dieser antwortete, dafür wäre es zu staubig gewesen, dauerte es nur noch ein paar Augenblicke, bis die Verbindung unterbrochen wurde. Der Arbeiter ging wieder nach draußen und wartete die Ankunft des zweiten Mechrobots ab, der gleich darauf wieder die Treppe heraufgestapft kam.

Rotiner schloss seine Wohnungstür, lauschte aber noch auf die Hinweise, die der Arbeiter seinem Mechrobot gab. Er hörte schabende Geräusche, die erkennen ließen, dass der Arbeiter und sein Mechrobot den defekten Robot zur Seite zerrten, um den Weg wieder freizumachen. Nach kurzer Zeit hörte er nur noch die klatschenden Geräusche, die sich anhörten, als ob die beiden jetzt den Verputz sanierten und den neuen Emissiac montierten. Sie waren mit diesen Arbeiten schon fertig, als endlich weitere Mechrobots eintrafen, erkenntlich an deren schwerem Stapfen die Treppe hoch. Dann schleppten die Neuankömmlinge das defekte Monstrum die Treppe hinunter, transportierten es ab. Die Treppe wurde gereinigt, es wurden Einstellungen an dem Emissiac vorgenommen, irgendwelche Daten abgeglichen und nach einer weiteren halben Stunde kehrte endlich wieder Ruhe ein.

Rotiner hängte seinen Mantel und seine Jacke wieder an ihren gewohnten Platz vor dem Flur-Emissiac, deckte damit das Gerät zu. Sollte jemand ihn deswegen zur Rede stellen, es gab in seiner Wohnung ja kaum Platz für seine Kleidung. Dann setzte er sich in seine Küche und fing an zu grübeln.

Durfte er seinem Eindruck trauen? Hatte seine Nachbarin tatsächlich diesen Mechrobot bewusst zu Fall gebracht?

Warum hätte sie das tun sollen? Er versuchte nochmals, sich die Situation genau vorzustellen, aber es blieb dabei: Der Mechrobot drehte seinen Kopf in die Richtung seiner Wohnung, hob seinen Arm, zeigte in Richtung Flur, setzte sich in Bewegung und – pardauz – knallte auf die Stufe, auf den Boden. Ruhe! Es gab natürlich mehrere Möglichkeiten.

Erstens: Sie erwischte zufälligerweise die Leitung mit dem Fuß, zog diese versehentlich so straff, dass es den Mechrobot umwarf. Dagegen sprach ihr Blick, ihr Gesicht, das deutlich machte, das habe ich getan, ganz bewusst getan, das war ich!

Es gab auch die zweite Möglichkeit: Sie hatte etwas gegen Mechrobots, eine persönliche Aversion. Vielleicht war ihr Mann arbeitslos geworden, weil ein Mechrobot seine Arbeit übernahm. Zwar waren solche Fälle eine Zeit lang häufig, hatten aber meistens keine großartigen Auswirkungen für die Betroffenen, weil diese großzügig entschädigt wurden. Nur vereinzelt kam es zu Kurzschlussreaktionen. Ja, vielleicht war ihr Mann so ein Fall, verlor seine Arbeit, seinen Lebensinhalt.

Aber Rotiner glaubte nicht daran. Dieser Blick, er hatte ihn noch genau in Erinnerung, der sollte ihm etwas bedeuten: „Das habe ich für dich getan", oder „Der wollte etwas von dir und das hat mir nicht gepasst." Es lag etwas Persönliches in diesem Blick, etwas Kumpelhaftes, etwas von einer verschworenen Gemeinschaft, so etwas wie „Gegen diese Roboter müssen wir Menschen zusammenhalten, meinst du nicht auch?!" Oder deutete er diesen Blick falsch, deutete er die ganze Situation falsch?

Rotiner überlegte hin und her, dachte die einzelnen Möglichkeiten durch, kam aber zu keinem endgültigen

Schluss. Nur eines war ihm klar, mit dieser Person musste er rechnen, sie war, soweit er es erkennen konnte, eine resolute Person, die schnelle Entschlüsse fassen konnte und vor nichts zurückschreckte. Ob sie ihm freundlich oder feindlich gesinnt war, wollte, konnte er zu diesem Zeitpunkt nicht entscheiden. Dazu musste er sie noch näher kennenlernen. Aber alles zu seiner Zeit!

Erst nahm er sein Frühstück zu sich, kaute es nachdenklich. Vielleicht konnte er sich über seinen Emissiac und das Programm über die Dame schlau machen, was sie außer ihrem Haushalt-in-Ordnung-Halten sonst noch so trieb. Außerdem, nein, ganz sicher sollte er auch mit seiner Nichte und ihrem Freund über seine Nachbarin reden! Insbesondere mit ihrem Freund, der wusste als Teil des Vertrauenskörpers vermutlich etwas mehr über diese Dame.

Aber es war schon seltsam, außer durch diese Sendung im Programm, die ihn gewaltig irritiert hatte, wusste er außerordentlich wenig über diese Frau, hatte bis auf das „Guten Morgen, guten Tag, guten Abend" bei einem zufälligen Zusammentreffen auf der Treppe nur wenige Worte mit ihr gewechselt. Ja, er hatte sie eigentlich ignoriert, sie nicht zur Kenntnis genommen. „Im Nachhinein", so dachte er, „ist es kein Wunder, dass sie sich dann etwas über mich zusammenreimt. Bestimmt hat sie auch die häufigen Besuche meiner Nichte und deren Freund mitbekommen." Wie sie darüber dachte, konnte er nicht abschätzen.

Plötzlich wurde er von einem blinkenden Etwas abgelenkt. Sein Emissiac zeigte etwas, zeigte ein markantes Symbol! Obwohl er sich nicht angemeldet hatte! Das war doch das gleiche Symbol gewesen, das er auch auf dem zerstörten Emissiac in der Stadt gesehen hatte! Und jetzt erschien auch noch das Wort „Widerstand" auf seinem Emissiac! Was sollte das denn?

Während er noch erstaunt auf den Bildschirm schaute, blinkte der nochmals auf und wurde dann schwarz. Rotiner stand auf und ging zu seinem Emissiac, stellte sich davor und versuchte, sich anzumelden. Nichts! Der reagierte einfach nicht! Er versuchte ein zweites Mal, ein drittes Mal, vier, fünf, sechs Male! Das gab's ja gar nicht, so etwas hatte er noch nie erlebt! Sein Emissiac hatte den Geist aufgegeben!

Schnell ging er hinüber, versuchte es bei dem Emissiac im Schlafzimmer und sogar in der Toilette. Überall das Gleiche, nur ein schwarzer Bildschirm!

Perplex setzte sich Rotiner auf den nächsten Stuhl. Wirre Gedanken schossen durch sein Hirn. Das konnte doch nicht sein. Aber die Beleuchtung in seiner Wohnung funktionierte noch, nur die Emissiacs wollten nicht mehr!

Er überlegte, was er jetzt unternehmen sollte, da klingelte es an seiner Wohnungstür. Er stand auf, ging zur Tür, schaute auf seinen Monitor, ja, der ging auch noch, und sah, dass seine Nachbarin vor seiner Tür stand. Er öffnete die Tür und schaute die Frau fragend an.

„Hallo", fragte diese, „haben Sie schon versucht, Ihren Emissiac zu benutzen?"

„Ja", sagte Rotiner, „und er funktioniert nicht mehr, zeigt nichts mehr an!" „Na, da bin ich aber froh, ich dachte, nur meine Emissiacs seien ausgefallen!" Dann lauschten sie ins Treppenhaus, vernahmen weitere aufgeregte Stimmen.

„Oho, anscheinend sind wir nicht die Einzigen, bei denen die Dinger nicht mehr funktionieren. Hören Sie?"

Tatsächlich war aus dem Stimmengewirr deutlich herauszuhören, dass sich jemand Gedanken um seine Mittagessenbestellung machte. „Wie soll ich denn jetzt mein Mittagessen bestellen?", schrie eine Person und eine andere beschwerte sich darüber, dass sich ihr Emissiac mitten in einer für sie wichtigen Sendung einfach abgemeldet hatte. „Haben Sie dieses Symbol gesehen, kurz bevor der Emissiac ausging?", fragte Rotiner und seine Nachbarin nickte, gab ihm gleich dazu noch eine Erklärung. „Das ist ein Markenzeichen von diesen Revoluzzern, diesen AP-Leuten. Meinen Sie, dass die mit diesem Ausfall der Emissiacs was zu tun haben könnten? Außerdem kam doch nach diesem Symbol noch eine Art Meldung: ‚Widerstand'! Möchte mal wissen, wie die das gedeichselt haben."

„Und wann die Emissiacs wieder funktionieren", antwortete Rotiner und klopfte mit seinem Knöchel auf den nagelneuen Emissiac im Treppenhaus. „Och, da würde ich mir nicht so viele Sorgen machen, ich glaube, die funktionieren sicher bald wieder!" Seine Nachbarin schien sich nicht so viele Gedanken zu machen wie andere, die im Treppenhaus jetzt lautstark diskutierten. Sie zwinkerte Rotiner vertraulich zu, drehte sich um und verschwand wieder in ihrer Wohnung. Auch Rotiner ging, nachdem er noch einen Augenblick der Diskussion im Treppenhaus zugehört hatte, wieder in seine Wohnung zurück. Obwohl er recht zurückgezogen lebte, hatte er doch schon einiges von diesen Widerständlern gehört und auch gesehen, nicht nur die jetzige Aktion und den zerstörten Emissiac an der Kreuzung.

Er erinnerte sich auch an gewisse Warnungen, die offizielle Personen im Programm losgelassen hatten, verbunden mit Bitten um Informationen, die sogar mit Belohnungen verbunden waren. Dass es sich dabei um die Gruppe ‚AP‘ handelte, hatte er bisher nicht gewusst, das hatte ihn bisher nicht berührt. Er hatte solche Aktionen eher dem Begriff ‚Jugendstreiche‘ zugeordnet.

Aber das heutige Erlebnis, das war kein Jugendstreich mehr, da musste schon eine gewisse Organisation dahinterstehen. Für so etwas benötigte man Fachwissen und planerische Fähigkeiten, wo, wann und was man tat, und auf welche Weise. Und, wie man dabei nicht erwischt wurde, ganz wichtig!

Ho, was war denn das, er empfand ja plötzlich sogar Sympathie für diese Jugendlichen!

Er konnte sich vorstellen, wie sie sich auf dieses Ereignis vorbereiteten, wie sie sich zusammen-fanden, um die Strategie festzulegen, um zu bestimmen, wer wann was tat und bestimmt hatten sie so wie er in seiner Jugend ihre Diskussionen geführt, geredet, das Für-und-Wider abgewogen, die Zaudernden versucht zu überzeugen, die Übereifrigen versucht zu dämpfen, ja, ihm kamen plötzlich all die Treffen wieder in Erinnerung, so wie sie damals abgehalten hatten. Komisch, jahre-, nein, jahrzehntelang hatte er nicht mehr daran gedacht, die Arbeit, die Firma waren wichtiger gewesen, ja und auch das Geldverdienen. Was hatten sie damals für Pläne gehabt, wie sie die Welt verändern, verbessern wollten! Und was war daraus geworden?

Stimmt, heute litt niemand mehr an existenzieller Not, aber war geistige Anspruchslosigkeit nicht auch eine Art Notlage?! Die meisten Menschen, die er kannte, waren noch nicht einmal in der Lage, die Uhrzeit ganz grob aus dem Stand der Sonne zu ermitteln, wussten teilweise noch nicht einmal, ob die Sonne schien oder dicke Wolken am Himmel waren, die brauchten für dieses Wissen das Programm. Ohne Programm ging nichts mehr, ohne Programm waren sie hilflos!

Aber nicht nur der Einzelne, nein, die ganze Organisation lief nur, weil es das Programm gab! Wenn also ein Rädchen des Programms, zum Beispiel die Emissiacs, blockiert wurde, dann fing doch die ganze Organisation an zu wackeln und er konnte sich gut vorstellen, wie jetzt überall in der Stadt sich die Menschen fragten, wie es weitergehen sollte.

Es war ja nicht nur, er erinnerte sich an die Frage im Treppenhaus, die Lebensmittelversorgung betroffen, durch die Konzentration auf dieses eine Programm, durch den Abbau und Wegfall von Alternativen hatte man den Leuten vorgeführt, wie fragil, wie empfindlich gegen Störungen ihr ganzes Leben geworden war.

Auch sein Leben, so musste er konstatieren, ja, auch er hatte sich abhängig von dem Programm gemacht. Er befand sich also in derselben Situation wie alle anderen, obwohl er das so gar nicht gewollt hatte. Er war genauso abhängig von dem Programm geworden, beinahe hätte er in Gedanken hinzugefügt, genauso blöd!

Erst nach mehreren Versuchen, er schätzte, es war mindestens eine halbe Stunde vergangen, da meldete sich sein Emissiac wieder, konnte Rotiner wieder Kontakt mit anderen aufnehmen. Als allererstes bestellte er sein Mittagsessen und zur Sicherheit auch sein Abendessen gleich mit dazu. Dann schaltete er sich in die aktuellen Nachrichten ein, versuchte, sich einen Überblick zu verschaffen über das, was eigentlich passiert war. Das war schwierig, weil Meinungen, Umfragen,

Stellungnahmen und das Programm selbst die eigentlichen Ereignisse überlagerten. Echte und selbsternannte Experten gaben Statements ab, vielerlei wichtige oder sich wichtig gebärdende Personen wollten ihre Meinung darlegen, wollten gesehen und gehört werden. Verdächtigungen, Anschuldigungen, Vermutungen, Vorwürfe, aber nichts Konkretes!

Zumindest eines konnte Rotiner herausfinden, dieser Zwischenfall, diese Unterbrechung der Verbindungen seines Emissiacs zu irgendwelchen Relaisstationen war örtlich begrenzt, hatte nur seine Stadt betroffen. Man ging davon aus, dass durch einen unerlaubten Eingriff die Verbindungen zu den Emissiacs unterbrochen worden waren und stellte die Vermutung an, dass dies möglicherweise ein Racheakt war, der von einem oder mehreren wörtlich: „böswilligen Mitarbeitern" durchgeführt worden war. Man würde akribisch die einzelnen Personen überprüfen, die dafür infrage kamen, und erwartete in Kürze die ersten Erfolgsmeldungen.

Dies kam von einem Vertreter der hiesigen Vertrauenskörperleitung, der bei einem anscheinend schnell einberufenen Meeting diese quasi-offizielle Stellungnahme von sich gab. Es war schon bezeichnend, dass sich keine weiteren Personen in diesen Gesprächskreis einwählen konnten. Befürchtete man weitere kritische Fragen? Fragen zur Sicherheit, vielleicht sogar Fragen über die Fähigkeiten des Programms, über seine Notwendigkeit?

Rotiner nahm sein Mittagsessen heute allein zu sich, zu gern hätte er mit seiner Nichte und ihrem Freund diese Ereignisse besprochen. Er stellte sich in Gedanken vor, wie sie die unterschiedlichsten Vermutungen ausgesprochen und die Gedanken dazu in alle Richtungen gewälzt hätten. Aber es war ihm klar, er musste sich noch ein paar Stunden gedulden, sie wollten erst zum Abendessen bei ihm eintreffen. So tröpfelte der Nachmittag dahin, von ein paar Stunden abgesehen, in denen er seinem neuen Bekannten, dem, von dem er die Baupläne für die neuen Schaltkreise erhalten hatte, Rede und Antwort zu stehen hatte.

Warum er noch nicht mit dem Zusammenbau angefangen hätte? Was und ob ihm dazu noch fehlen würde? Was er dann damit anfangen würde? Ob er noch weitere Hilfe benötigen würde? Rotiner versprach, baldmöglichst mit seinem Projekt weiterzumachen, wich aber der Frage nach der Richtung seiner Arbeit aus, erklärte diesem Bastelkollegen nicht, wofür er die Schaltung benötigte.

So kam der Abend näher und endlich klingelte es, endlich kamen die Langerwarteten, wurden voller Ungeduld eingelassen. Ein kurzes Nicken und Rotiner schilderte die Ereignisse des Vormittags.

Erst als er seine AAusführungen beendet hatteam Ende seines Vortrags, als er die Fragen zur Einschätzung stellen wollte, fiel ihm auf, dass er seine Besucher gar nicht um deren Erlebnisse gefragt hatte, entschuldigte sich ganz verlegen dafür.

Seine Nichte erzählte darauf, immer wieder durch Lachanfälle unterbrochen, in ziemlich trockenen Worten, dass an ihrem Arbeitsplatz auch plötzlich die Emissiacs ausgefallen wären. Teilweise hätte man weiterarbeiten können, teilweise hätten die Leute andere Arbeiten verrichtet, die von der Störung nicht oder nicht so stark beeinträchtigt worden waren. Insgesamt wäre man doch recht gut mit der Situation fertig geworden, die Menschen hätten sich zumeist doch recht schnell angepasst.

Seine Nichte lachte. „Aber die Automaten und Roboter, die bekommen ihre Befehle ja vom Programm und
deshalb sind die einfach stehen geblieben! und das, so
erzählte sie mit einem Grinsen, hat zu manchmal recht
komischen Ergebnissen geführt. Ein Roboter wäre dabei in einer Tür stehen geblieben und hätte sich einfach
nicht mehr weiterbewegen lassen wollen. Erst als drei
oder vier Menschen ihn umgeworfen hätten, sie sprach
dabei mit einem nur mit Mühe verkniffenen Lachen, die
hätten ihn ‚von den Beinen geholt‘, da wäre der Eingang
wieder frei gewesen. Auch ihr Freund grinste bei ihrer
Erzählung immer wieder, musste sich bei seiner Schilderung aber auch zweimal unterbrechen, weil ihn Lachanfälle am Weitererzählen hinderten. Sein Repertoire
reichte von im Aufzug eingesperrten Mitarbeitern bis
zu Robotern, die, weil nicht mehr funktionsfähig, bestimmte flüssige Lebensmittel hätten laufen lassen, bis
nicht nur die Arbeitsplatte, sondern auch die gesamte
Küche überflutet gewesen wäre. Dann war Rotiner mit
seiner Schilderung dran, hatte auch seinen Lacherfolg
bei der Schilderung des Robot-Sturzes, erzählte dann
von den Rufen im Treppenhaus und von der inoffiziel-
len Nachrichtensendung. Danach schwiegen sie alle drei,
überdachten die Ereignisse und ihre möglichen Folgen.
   Als Erste brach seine Nichte das Schweigen.
   „Haben die, die das geplant und ausgeführt haben, denn
auch das erreicht, was sie erreichen wollten?", fragte sie.
„Denn jetzt haben sie sich offenbart, jetzt werden sie ge-
sucht, mit allen Mitteln! Meistens gibt es eine schwache
Stelle in ihrer Organisation und wenn die gefunden ist,
dann ist das auch das Ende ihrer Organisation, das Ende
von ‚AP‘!" „Ja", antwortete Rotiner, „Möglicherweise hast

du Recht. Vielleicht haben sie sich aber auch darüber Gedanken gemacht und deshalb diese Provokation nur von einem kleinen Kreis von Experten durchführen lassen. Zumindest ich hätte es vor fünfzig Jahren so gemacht."

„Onkel, du hast doch mit dieser Sache gar nichts zu tun, oder?" Diese Frage kam von seiner Nichte und Rotiner meinte: „Nein, nein, wo denkst du denn hin?", und glaubte, fast so etwas wie Erleichterung auf ihrem Gesicht zu sehen. Aber dann bemerkte er, dass sie auch einen kurzen Blick zu ihrem Freund warf und ihr Gesicht wieder eine innere Anspannung zeigte. „Oha!", dachte sich Rotiner, „bei ihm ist sie sich aber nicht so sicher!"

Im weiteren Verlauf des Gesprächs versuchte Rotiner daher vorsichtig herauszubekommen, was ihr Freund an diesem Morgen getrieben hatte, bekam aber keine Antwort, die ihn so richtig zufriedenstellte. Immer wieder bemerkte er ein Zögern bei den Antworten, ein Ausweichen, ein Ablenken. Als er zuletzt, ein kleines bisschen genervt, die direkte Frage stellte, ob dieser denn etwas mit dem Verbindungsproblem zu tun gehabt hätte, da antwortete der Sportliche: „Und wenn? Wenn ich einen Verdacht habe, so werde ich den vorerst für mich behalten, denn ich möchte keinem Unschuldigen schaden, erst recht nicht, wenn derjenige mir vielleicht sogar sympathisch ist! Bitte dringt nicht weiter in mich, ich möchte wirklich keinen verletzen!"

Eine Antwort, die Rotiner schon einiges erklärte, aber nicht alles! Der Sportliche hatte also nochmals deutlich gemacht, dass er, obwohl Mitglied im Vertrauenskörper, nicht unbedingt ein großer Freund des Programms war, aber das hatte Rotiner ja schon vorher gewusst. Ob er aber wirklich in diese Aktion verwickelt war, das konnte man aus seiner Antwort nicht herauslesen, im Gegenteil, er verwies auf andere Personen, die darin involviert waren, die er also kannte, die er aber nicht bloßstellen wollte. Wie nahe die ihm standen, konnte Rotiner nicht abschätzen! Aber er respektierte diese Antwort, er wollte ihn nicht noch weiter unter Druck setzen. Seine nächste Frage bezog sich daher nicht mehr auf den Zwischenfall mit der Unterbrechung, sondern auf die Ereignisse auf dem Treppenabsatz. Was wusste man über seine Nachbarin, besonders auch in der Vertrauenskörperleitung?

Nein, nein, er wollte keine intimen Details, er wollte wissen, wie ihre Einstellung zu allgemeinen Themen war, zum Programm, zum Vertrauenskörper, aber auch zu besonderen Themen wie Ehrlichkeit, Verlässlichkeit, Treue. Aber da konnte ihm der Sportliche nur wenig mehr sagen als das, was allgemein bekannt war. Sie lebte seit einigen Jahren allein, seit nämlich ihr Mann gestorben war, woran, wusste niemand so genau. Vorher hatte auch sie gearbeitet, war früh am Tag aus dem Haus gegangen und teilweise erst spät wieder zurückgekommen. Wo, wusste der Sportliche nicht genau, es hieß, in irgendeinem Büro der Verwaltung. Ähnlich wie Rotiner hatte auch sie nicht das Bedürfnis nach Öffentlichkeit, obwohl es gerade auch solche Szenen gegeben hatte wie die, die er im Programm gesehen hatte.

„Und", dachte Rotiner, „mache ich immer nur Sachen, die ich vorher hundertprozentig durchdacht habe? Habe nicht auch ich Sachen gemacht, für die ich mich schon in dem Augenblick, da sie geschahen, schon schämte?" Oh, was war denn das? Er nahm sie ja, und sei es auch nur in Gedanken, in Schutz, suchte für sie nach Entschuldigungen!? Sie musste offensichtlich einen tieferen Eindruck bei ihm hinterlassen haben, als ihm bewusst war. Na, das war ja ein Ding! Die drei unterhielten sich noch eine ganze Weile, aber der späte Abend machte sich bemerkbar, seine Gäste bedankten sich für die vielen Informationen und brachen auf. Rotiner räumte noch etwas auf, dann ging auch er zu Bett und schlief traumlos ein.

Der nächste Tag zeigte sich von seiner verregneten Seite. Rotiner zog sich daher nach seinem Frühstück einen Anorak mit Kapuze über, nahm auch noch seinen alten Regenschirm in die Hand, obwohl das Ding wegen des Metallgriffs schwer und unhandlich war. Aber er hatte sich an ihn gewöhnt, an sein Gewicht, das ihn zwang, den Schirm erst dann aufzuspannen, wenn es wirklich unumgänglich war. Außerdem führte dieses Gewicht dazu, dass er dieses Monstrum im aufgespannten Modus immer ziemlich genau senkrecht halten musste, weil es sonst sein Handgelenk zu sehr beanspruchte. Dies hatte aber auch den Vorteil, dass der Schirm sich erst bei kräftigen Böen bewegte und nicht bei jedem kleinen Luftzug hin und her wackelte.

So ausgerüstet stapfte er durch die Stadt und anschließend den Mittenberg hoch, traf dabei nur wenige andere Menschen an, die meisten warteten wohl auf besseres Wetter. In den Gassen begegneten ihm auch nur wenige Roboter, vermutlich wegen der stürmischen Schauer, obwohl viele Roboter eine nässegeschützte Ausstattung hatten.

Auf dem Nachhauseweg kam er an der Kreuzung vorbei, an der dieser Emissiac stand, der vor einigen Tagen besprüht worden war. Inzwischen war der bestimmt wieder funktionsfähig oder, nein, der war ja schon wieder defekt. Komplett eingesprüht! Aber total!

Außerdem standen zwei Leute davor und, so schien es, stritten sich. Nein, die stritten sich nicht, das war ein Robot, der versuchte, möglichst unauffällig eine sich wehrende Gestalt mitzunehmen. Hatten die tatsächlich Erfolg bei ihrer Suche nach den Attentätern? Neugierig näherte sich Rotiner den beiden und hörte plötzlich eine Stimme rufen: „Hilfe! Hilfe! Helfen Sie mir, der will mich mitnehmen!"

Erstaunt, nein, erschrocken, dass er direkt angesprochen wurde, näherte er sich und erkannte dann trotz einer tief ins Gesicht gezogenen Regenkappe die Gestalt: Es war seine Nachbarin, die sich jetzt im Griff von Roboterhänden befand.

Ohne nachzudenken, packte Rotiner seinen schweren Regenschirm, drehte diesen um, sodass er ihn an der Spitze packen konnte, schwang ihn hoch und dann ... Krach!

Irgendwie hatte Rotiners Gehirn sich gemerkt, dass diese Robots eine Achillesferse hatten. Wie hatte der Sportliche gesagt?

„Die gefährdete Stelle ist die Ladebuchse unten in der Nähe des Knöchels. Wenn die zerbricht, dann liegen die Stromleitungen dort frei, es reicht eine Kuchengabel, um einen Kurzschluss zu erzeugen und der Robot bleibt stehen, funktioniert nicht mehr."

Das hatte sich fest in Rotiners Gehirn eingegraben und führte jetzt auch dazu, dass Rotiner seinen Regenschirm mit dem schweren Griff gegen dieses empfindliche Teil schwang. Und traf! Erfolgreich traf.

Es gab einen lauten Knall, ein paar Plastikteile flogen nach allen Richtungen, Funken sprühten und das Blechmonstrum blieb stehen. „Oh, Danke! Vielen, vielen Dank! Das war Rettung in letzter Sekunde! Ein Glück, dass Sie im richtigen Moment zur Stelle waren. Der hätte mich doch glatt mitgeschleppt. Nur, weil ich die Sprühdose da eingesteckt hatte. Und dabei habe ich doch gar nichts getan! Nur die Sprühdose gefunden und eingesteckt!"

Seine Nachbarin zitterte noch immer, packte Rotiner am Ärmel und zog ihn von der Stelle weg, wo der Robot still und stumm vor dem besprühten Emissiac stand.

Doch schon nach wenigen Schritten blieb Rotiner wieder stehen, dachte nach.

Was hatte er getan? OK, sein Urinstinkt hatte ihn gesteuert, hatte ihn einer bedrängten Frau zu Hilfe kommen lassen. Er hatte nicht nachgedacht, sondern einfach auf einen Hilferuf reagiert, einfach drauf los gedroschen. Er hatte einen Robot angegriffen! Einen Robot! Den verlängerten Arm des ‚Programms'!

Hektisch drehte er sich um. Kein Mensch, kein Robot, kein Emissiac in Sicht! Nur der besprühte Emissiac! Wie groß war die Gefahr, dass man ihn oder seine Nachbarin mit diesem besprühten Emissiac oder mit dem defekten Robot in Verbindung bringen konnte? Hatte man sie gesehen?

Wenn das stimmte, was seine Nachbarin sagte, dann hatte der Emissiac sie nicht sehen, nicht aufnehmen können, auch ihn nicht. Auch der Robot hatte sie wahrscheinlich nicht richtig erfassen können, er hatte sich dem Robot von hinten genähert, war somit gar nicht in sein Blickfeld geraten, war von ihm also gar nicht erfasst und weitergemeldet worden. Von daher war alles o. k.! Aber halt! Wenn sie jetzt geradewegs nach Hause gingen, dann kämen sie an einigen Emissiacs vorbei und dann wäre es ein Leichtes, sie als diejenigen zu identifizieren, die in der Nähe des Robots gewesen waren, ihn zum Schweigen gebracht hätten. Also zurück!

Er zog seine Nachbarin in die entsprechende Richtung und nach kurzem Zögern lief sie mit, stieg mit ihm den Mittenberg hoch, dann wieder abwärts und auf einem anderen Weg zurück in die Stadt, zu ihrem Haus, zu ihren Wohnungen. Er hatte die Hoffnung, dass am Rande des Mittenbergs nur wenige Emissiacs installiert worden waren und sie somit, wenn überhaupt, nur auf wenigen Geräten erscheinen würden.

Zuerst kam die Unterhaltung zwischen Rotiner und seiner Nachbarin nur stockend in Gang, zu tief saß noch der Schock des Erlebten. Aber je weiter sie gingen, desto leichter kamen die Fragen und Antworten über ihre Lippen.

Als sie dann den Mittenberg wieder hinunter gingen, unterhielt Rotiner sich schon sehr intensiv mit seiner Nachbarin, stellte fest, dass sie sich in einer ähnlichen Lage befand wie er, stellte außerdem fest, dass sich ihre Einstellung zum „Programm" und dessen Auswirkung auf die Menschen sehr ähnelten, sie überhaupt fast dieselben moralischen Wertevorstellungen hatten. Es war für ihn erstaunlich, dass er mit so jemandem seit Jahren auf der gleichen Etage lebte, ohne ihn in seiner Gesamtheit kennengelernt und gewürdigt zu haben. Als sie sich vor ihrem Haus trennten, um einzeln zu ihren Wohnungen zu gehen, waren sie schon sehr vertraut miteinander.

„Sag mir Bescheid, wenn dir Gefahr droht!", raunte Rotiner ihr zum Abschied zu, „Drei Mal kurz klingeln reicht!"

Sie grinste und wisperte zurück: „Geht klar! Mach's gut, du alter Robotstopper! Bis zum nächsten Mal!"

Als seine Nichte kam, um mit ihm zu Mittag zu essen, bedauerte er sehr, dass der Sportliche nicht mit von der Partie war. Zu gern hätte er den beiden von dieser Rettungsaktion erzählt. Aber sie merkte auch so, dass Rotiner in Hochstimmung war, sich aber sehr zurückhielt. „Also bis heute Abend", meinte sie zum Abschied, „vielleicht, nein, bestimmt hast du uns eine besondere Geschichte zu erzählen, so wie ich dich kenne!" Daraufhin grinste Rotiner breit und nickte: „Ganz bestimmt!"

Der Abend kam und endlich auch die erwarteten Gäste. Als Rotiner die freundlichen Gesichter von seiner Nichte und ihrer Begleitung erblickte, freute er sich doppelt.

Anscheinend hatte seine Nichte schon vorgearbeitet, ihren Freund auf eine neue spannende Geschichte vorbereitet. Kaum hatten sie sich auf den Weg gemacht, hatten den Wald, der sich am Fuße seines Lieblingsbergs, dem Mittenberg, befand, erreicht, da wandte sich seine Nichte auch schon ihm zu: „Nun rück schon mit deiner Geschichte raus, Onkel, du platzt ja schon fast vor Neuigkeiten!" Da lächelte er die beiden an und erzählte, was passiert war.

Beiden war die Überraschung anzusehen, fast mit offenem Munde lauschten sie seiner Erzählung und lachten mit ihm über seinen Sieg über den Robot. Zwar fragte seine Nichte nochmals nach, ob auch bestimmt kein Emissiac in der Nähe gewesen wäre, aber das konnte er, da war er sich sicher, verneinen.

Während der nächsten Tage traf er seine Nachbarin häufiger, sie tauschten Nettigkeiten aus und es sah so aus, als würden sie sich demnächst sogar besuchen.

Eines Nachmittags klingelte sie bei ihm und lud ihn ein, mit ihr spazieren zu gehen. Rotiner war anfangs leicht verdutzt, aber dann bemerkte er bei ihr eine Unruhe, eine Anspannung, die nicht so richtig zu ihr passte. Sie wollte etwas mit ihm besprechen, vertraulich, ohne Zuhörer, ohne Programm. So bat er sie, einen Augenblick zu warten, zog sich dem Wetter entsprechend an und ging dann mit ihr nach draußen.

Wie immer, wenn er sich entspannen wollte, zog es ihn automatisch zum Mittenberg, so auch jetzt. Seine Nachbarin akzeptierte diese Richtung, schien sie sogar zu begrüßen. So verwunderte es ihn nicht, dass sie, als sie den Waldrand und damit den leichten Anstieg zum Berggipfel erreicht hatten, sich von dem üblichen Spazierweg entfernten und sich in die Büsche schlugen.

Als sie sich weit genug vom Weg entfernt hatten und somit relativ sicher sein konnten, nicht belauscht zu werden, setzte sie an: „Hör mal, ich muss dir etwas erzählen, etwas, was mir vor ein paar Tagen passiert ist. Und bitte, ich bin nicht schizophren oder verrückt oder so etwas, das musst du mir glauben. Es ist nur so, weißt du, wenn ich nicht mit irgendjemandem darüber sprechen kann, dann ... ach, ich weiß nicht! Also, ich war am vergangenen Donnerstag in der Stadt, in dem neuen Informationszentrum, ich sollte da wegen eines Problems mit meiner Identkarte dort vorsprechen. Tja, und da stand ich, wartete und wartete. Andauernd stand da so ein Regirob, so ein Registrierroboter, fast direkt neben mir. Ich war schon nervös, egal, wo ich hinging, immer war er in meiner Nähe. Ich bin sogar auf die Toilette gegangen, dreimal, obwohl ich gar nicht musste, aber jedes Mal, wenn ich wieder rauskam, stand dieser Plastikkerl wieder da und stellte sich in meine Nähe. Auch als ich an der Reihe war, ging er nicht weg. Die ganze Zeit stand er neben mir. Erst als ich das Infozentrum verlassen hatte, war er verschwunden, nicht mehr zu sehen. Okay, sagte ich mir, also hatte das gar nichts mit mir zu tun, das war nur Zufall. Aber, daran kann ich mich ganz genau erinnern, ich hatte an dem Tag mein kariertes Kleid an und meinen braunen Mantel, den mit dem Kragen. Das weiß ich noch ganz genau. Und jetzt kommt's! Gestern Abend habe ich meine Freundin Johanna besucht, dafür bin ich recht früh aufgestanden, sie wohnt ja auch etwas weiter weg. Sie hatte gestern Geburtstag, aber ihr Mann musste kurzfristig woanders hin, worauf sie bei mir anfragte, ob ich nicht Zeit hätte, sie wollte ihren Geburtstag nicht allein feiern. Während wir uns unterhielten, lief gerade die Sendung ‚Meine Nachbarn'. Und du glaubst es nicht, ich habe mich da gesehen!

Ich! Hab! Mich! Da! Gesehen!! Nein, nicht wirklich! Aber ich habe da jemanden gesehen, der genauso aussieht wie ich, genauso redet wie ich, die gleichen Bewegungen macht wie ich! Der sich wie ich benommen hat. Der ich war! Die hatte sogar mein kariertes Kleid an, trug den Mantel mit dem Kragen! Ja, genau den, den ich da auch im Infozentrum getragen hatte. Genau den gleichen! Die hat angegeben, sie würde wie ich in der gleichen Stadt, in der gleichen Straße wohnen! Nur ich war das nicht!!

Ich habe bis jetzt noch nie bei dieser Sendung so richtig mitgemacht, das musst du mir glauben! Ok, früher, da habe ich mal geredet, da hatte ich das Bedürfnis, auch über dich zu reden. Aber heute nicht mehr. Als Johanna die Sendung aufrief, da traf mich fast der Schlag. Und den Stuss, den ich da von mir gegeben habe, sowas habe ich nie im Leben gesagt!

Johanna sah mich ganz schief an und fragte mich, ob ich meine Meinung so stark geändert hätte. Bis jetzt sei ich doch so zurückhaltend gewesen, aber anscheinend wäre das alles doch nur Show gewesen.

Sie hat mich gefragt, was mich jetzt dazu gebracht hätte, mich so offen zu zeigen, so aus mir rauszugehen. Ich habe ihr gesagt, dass ich das nicht wäre und da hat sie mich angeschaut, als wäre ich nicht ganz dicht!

,Das bist doch du', meinte Johanna, indem sie auf den Bildschirm deutete. Ich habe ihr zu erklären versucht, dass ich das nicht sei, dass ich nie im Leben jemanden so hineingeritten hätte, dass das eine Schauspielerin sein müsse, die mir ähnlich sehe.

,Und die in deiner Straße wohnt, das glaubst du doch selbst nicht', hat Johanna darauf geantwortet. Ich bin immer noch nicht sicher, ob ich sie hab überzeugen können."

Rotiner hatte mit Interesse zugehört, jetzt zog er die Stirne in Falten. „Weißt du, ich habe mich schon manchmal gefragt, ob unsere Kanzlerin immer unsere Kanzlerin war, ich meine, die, die wir im Programm sahen, war das immer die echte Kanzlerin? Oder war das nur eine Frau, die wie die Kanzlerin zurecht gemacht war, eine Schauspielerin, die so wie die Kanzlerin aussah, ein Double?

Oder aber war das vielleicht ein Android, ein künstliches Duplikat, ein zurechtgemachter Roboter mit täuschend ähnlicher Figur und Gesicht, nur leider nicht echt! Die gibt es doch schon länger, nur hatten sich die Medien, soweit ich weiß, weltweit darauf geeinigt, sie nur in Notfällen, bei Lebensgefahr einzusetzen, möglichst gar nicht! Wenn die jetzt doch eingesetzt werden, dann ist alles möglich, dann kannst du keinem mehr vertrauen, nicht mal mehr deinen eigenen Augen.

Versuche, einfach nur mit deinem Verstand abzuklären, ob das, was du siehst, real, logisch, wahrscheinlich ist. Weißt du, wenn du eine leuchtende Lampe siehst, aber keinen Schatten hinter der Figur, dann ist etwas faul, dann ist etwas gefälscht, nein, wie sagen die Briten, ein fake! Genau so ist das bei den im Programm eingesetzten Androiden. Wenn z. B. bei denen der Schatten nicht passt, dann ist das nicht die reale Person, sondern ein ‚fake‘, dann ist in der betreffenden Filmsequenz im Programm etwas manipuliert worden. Keinen oder einen falschen Schatten kann es nur dann geben, wenn ein Bild oder ein Film modifiziert wird. Andererseits, auch ein Android wirft in der Realität einen Schatten.

Ich frag mich nur, weshalb dies alles gerade jetzt geschieht und weshalb gerade du ausgewählt wurdest? Naja, ich höre mich mal um, vielleicht finde ich etwas heraus! Ach, was hatte es denn mit deiner Identkarte auf sich?"

„Keine Ahnung, sie haben nur ein neues Programm aufgespielt, das angeblich weniger Fehlermeldungen erzeugen soll."

„Aha, vielleicht hängt das alles zusammen. Naja, wie gesagt, ich höre mich mal um. Und sag mir Bescheid, wenn du nochmals deine Doppelgängerin siehst oder bitte deine Freundin, dir im Falle eines Falles Bescheid zu sagen."

Der Rest des Spazierganges verlief einigermaßen normal, sie unterhielten sich über die Möglichkeiten, wie man reale und fiktive Bilder auseinanderhalten konnte, wo genau die Unterschiede waren und insbesonders, was man dagegen unternehmen konnte.

Auch an diesem Abend besuchten ihn seine Nichte und ihr Freund. Wieder absolvierten sie ihren abendlichen

Spaziergang, dabei konnte er den beiden gleich von diesem Gespräch berichten, konnte mit ihnen besprechen, was man in solch einem Falle tun könnte. Sollte man es wirklich auf eine Konfrontation ankommen lassen? Was könnte daraus entstehen?

Damit hingen auch weitere wichtige Fragen zusammen. Weshalb jetzt, weshalb ausgerechnet seine Nachbarin, weshalb überhaupt der Bruch der zugegeben ungeschriebenen internationalen Vereinbarung, dass nur in Absprache mit den Betroffenen solche Kopien hergestellt werden und in der Öffentlichkeit auftreten durften? Gab es vielleicht schon mehrere solcher Duplikate? Oder waren dies Tests für eine weiterreichende Änderung? Gab es Möglichkeiten, mehr darüber zu erfahren?

Der Sportliche, der diese Sache spannend, fast so spannend wie die Suche nach den Schaltkreisen fand, brachte etwas Ruhe in die Debatte mit seiner Bemerkung, er hätte da als Mitglied der Verwaltung und des Vertrauenskörpers doch ein paar Möglichkeiten mehr als normale Mitmenschen.

„Aha, ein paar Kontakte mehr", meinte dazu Rotiner, „vielleicht sogar ein paar Auslandskontakte?"

„Mag sein", antwortete der Sportliche, „bei manchen internationalen Meetings lernt man doch viele verschiedene Leute kennen und natürlich auch deren Vorlieben und Abneigungen. So etwas kann immer nützlich sein, gerade auch so wie in diesem Fall!" „Und so, wie mir scheint, auch in anderen Fällen", fügte Rotiner für sich in seinen Gedanken hinzu.

„Übrigens, die eine oder andere meiner Kontaktpersonen war sehr dankbar für die Info über die neue Ausschaltfunktion bei Robots. Ich glaube, in der Zwischenzeit gibt es einige Personen auf der Welt mehr, die neuerdings am Stock gehen, die eine Gehhilfe mit Griff, mit schwerem Griff benötigen." Das Schmunzeln im Gesicht des Sportlichen war nicht zu übersehen. Aber dann fuhr er, wieder ernst geworden, fort.

„Deine Nachbarin sollte, so denke ich, im Augenblick möglichst wenig über ihr Erlebnis bekannt werden lassen. So etwas braucht einen Paukenschlag! Das sollten doch möglichst viele Leute mitbekommen, meine ich."

Dem stimmte auch Rotiners Nichte zu. „Ja, genau, möglichst alle, mindestens aber so viele Leute, dass solch eine Information nicht unter den Teppich gekehrt werden kann. Je mehr Personen das mitbekommen, desto besser für uns alle!"

„Ja, nun, wie könnte man das anstellen?", fragte Rotiner und legte seine Stirn in Falten. „Einfach abwarten, bis sich das Double wieder meldet und dann in die Sendung reinplatzen, nein, das wäre zu leicht abzublocken. Es müsste schon so eine Sendung mit hoher Zuschauerzahl sein, sowas wie die Krönung der Königin oder etwas Ähnliches!"

„Nein, nein, aber demnächst ist doch der zwanzigste Jahrestag der Einführung des Programms. Da finden doch überall Paraden der Roboter statt und Ansprachen und Reden von führenden Persönlichkeiten im Programm. Dazu kommt doch auch das große Verbeugen, wo sich alle Menschen zur gleichen Zeit vor den Emissiacs verbeugen sollen zu Ehren des Programms! Da müsste sich doch auch deine Nachbarin verbeugen und außerdem deren Double! Nur, wie bekommen wir die beiden zusammen? Und wie müssten wir deutlich machen, dass die eine nur ein künstliches Geschöpf ist, ein Duplikat der anderen?" Rotiners Nichte vermittelte den Eindruck, als sei sie persönlich betroffen.

„Tja, da weiß ich im Augenblick auch nicht weiter. So eine Einzelperson aufzufinden, scheint mir der Suche nach einer Nadel im Heuhaufen zu ähneln. Habt ihr irgendeine Idee, wie wir die finden könnten?" Rotiner machte einen ratlosen Eindruck, aber seine Nichte richtete ihn wieder auf. Sie war überzeugt, eine Möglichkeit zu finden.

„Wie könnte dieses Duplikat denn gesteuert werden? Doch eigentlich nur über das Programm, oder? Ich denke, sowas geht nur über das Programm! Und um die Figur anzusteuern, muss man der doch einen Namen oder sowas gegeben haben. Einen Namen mit einer Verbindung zu deiner Nachbarin! Die muss deren Namen mit irgendeinem Zusatz haben!"

„Ja, das denke ich auch. Wie heißt deine Nachbarin? Ach ja, ich weiß! Lasst mal, ich krieg das raus. Ludwig, mein Kollege, der macht sowas gerne, der kann sich mal morgen auf die Suche machen." Auch den Sportlichen schien das Suchfieber gepackt zu haben. So verabredeten sie sich für den nächsten Abend.

Der nächste Tag zog sich wie üblich, wenn Rotiner auf etwas wartete, dahin, zäh wie Gummi dehnte sich die Zeit. Endlich hatte er sein Abendessen hinter sich, wartete auf das Türsignal. Als das „Pling" ertönte, schoss er von seinem Küchenstuhl hoch, griff sich seinen Anorak, sauste zur Tür und ließ seine Besucher hinein.

„Na, du hast doch nicht etwa auf uns gewartet?", lächelte ihn seine Nichte an, ihr Freund ergänzte und grinste dabei: „Sind wir dir wirklich willkommen?"

Auch Rotiner musste grinsen: „Ach, ihr seid es! Mit euch habe ich gar nicht gerechnet. Aber wenn ihr schon

142

hier seid, dann kommt doch herein!" Die Nichte bemerkte den Anorak, dann schmunzelte sie. „Onkel, du kannst den Anorak gleich wieder ausziehen; ich denke, deine Küche ist für uns gut genug!"

„Waaas? Ihr habt …?" Erst zog Rotiner noch ein ungläubiges Gesicht, aber dann setzte sich die Freude durch. „Hurra! Ihr habt es geschafft! Ich will gar nicht genau wissen, was, aber allein, dass wir uns miteinander unterhalten können, das ist schon spitze!"

Sie setzten sich wie üblich in die Küche, nach einigen Augenblicken meinte seine Nichte: „Na, jetzt frag doch schon! Du siehst aus, als würdest du auf heißen Kohlen sitzen!" Und sah Rotiner dabei schelmisch an.

„Ach ja?" Auch Rotiner musste wieder grinsen. „Wie ist denn heute das Wetter draußen? O.k., ist ja gut, also, was habt ihr gemacht?" Der Sportliche rieb sich die Nase, verdeckte dabei seinen Mund. „Naja, du warst doch der, der uns zu den Schaltkreisen geführt hat, und die haben uns sehr geholfen. Wirklich sehr!"

„Nein, nein, der Dank gebührt nicht mir, dafür war allein Hellmuth verantwortlich, ihm habt ihr die Dinger zu verdanken."

Das Gesicht des Sportlichen verdunkelte sich für einen Augenblick, dann lächelte er wieder. „Vielen Dank, Hellmuth, auch wenn du heute nicht bei uns sitzen kannst. Deine ‚Pralinen' haben uns sehr geholfen! Deshalb können wir jetzt hier sitzen und ungestört, das heißt, unbeobachtet und ungehört miteinander sprechen." „Ohne Programm?" „Ja, ohne Programm!"

„Puuuuh!", seufzte Rotiner und fragte darauf gleich weiter: „Und was ist mit dem Duplikat?" „Tja, habe ich nicht gestern gesagt, dass Ludwig ein Spitzenhacker ist? Ja, dem ist es gelungen! Er hat zwar gesagt, es sei ganz schön verzwickt gewesen. Irgendjemand hat sich viel Mühe gegeben, die Dame, diese Nachbildung gut zu verstecken, aber wenn du Zugriff zu der inneren Abteilung hast, dann stehen dir alle Möglichkeiten zur Verfügung. Wenn du dann auch noch einen Papa hast, der ein paar Stufen höher in der Hierarchie steht, dann müsste es schon mit dem Teufel zugehen, wenn du nichts rausfändest. Daher ... und außerdem brauchst du natürlich auch ein bisschen Glück! Also, deine Nachbarin wohnt offiziell mit ihrer Nachbildung im gleichen Haus, in der gleichen Wohnung. Wo sie sich tatsächlich aufhält, das müssen wir noch rauskriegen, wir vermuten aber, dass sie sich in irgendeinem Erziehungshaus verbirgt. Naja, nicht in irgendeinem, sondern in einem von den drei Möglichkeiten. Denn wenn die Freundin deiner Freun ... ääh, Nachbarin sie im Programm gesehen hat, wenn sie außerdem noch in der gleichen Wohnung wie deine Nachbarin wohnt, dann liegt es doch nahe, dass die sich irgendwo zwischen hier und der Wohnung deiner Nachbarin versteckt hält. Die muss ja möglicherweise recht schnell greifbar sein. Das bedeutet, wir müssen nur noch rausbekommen, in welchem Erziehungshaus sich diese Nachbildung befindet. Ludwig meint sogar, es gäbe eine Möglichkeit, diese Nachbildung anzusteuern, ihr irgendwelche Befehle zu geben, die sie dann ausführen muss. Mal sehen! Vielleicht kann man sie dazu bringen, sich zu zeigen."

„Oh, das wäre ja ganz vorzüglich, da könnte man ja möglicherweise die beiden gleichzeitig zeigen und wenn man dann die eine demaskieren könnte, sie vor möglichst vielen Zuschauern als elektronisches Duplikat entlarven könnte, das gäbe einen Aufstand, einen Massenprotest, sowas wäre noch nie dagewesen!"

Rotiners Gesicht nahm eine rote Farbe an, so regte ihn dieser Gedanke auf. Aber der Sportliche wiegte seinen Kopf hin und her. „Na, ich weiß nicht. So einfach wird es wohl nicht werden. Wieso ist sie eigentlich schon jetzt aufgetaucht? Ich hätte diese Nummer zwei doch erst dann ins Spiel gebracht, nachdem ich das Original sicher irgendwo hin verbracht hätte, wo sie mich nicht mehr hätte stören können. Oder aber das bei deiner Freu ... ääh, Nachbarin, das war ein Test, ein Versuch, herauszubekommen, ob es funktioniert, ob sie wirklich die Rolle deiner Nachbarin spielen kann."

„Meinst du?", fragte Rotiner zurück. „Dann müsste aber jemand ganz genau wissen, wie man das Programm benutzen kann. Wie man damit solche Maschinen steuern kann. Außerdem, das Programm registriert doch sicherlich solch eine Beeinflussung, also läuft die doch mit Hilfe des Programms ab, wird vom Programm unterstützt! Ohne das Programm läuft doch sowas nicht, oder?"

„Naja ..." Der Sportliche runzelte die Stirn, „es gibt da schon Möglichkeiten. Denk nur mal an unser Gespräch. Das läuft jetzt am Programm vorbei, tangiert das Programm nicht. Genauso könnte das doch auch mit dem Duplikat ablaufen. Genauso müssten wir das auch machen, diese Steuerung dieses Maschinenmenschen muss am Programm vorbei laufen. Sowohl bei dem, der diese Type steuert, als auch bei uns, wenn wir diese Type auch steuern wollen. Mal sehen, vielleicht kann uns ja jemand dabei helfen!"

So, wie der Sportliche das sagte, schien er dabei ganz bestimmte Personen im Sinn zu haben, Personen, denen er diese Manipulation zutraute, zu denen er Vertrauen hatte. Aber Rotiner wollte nicht zu genau nachfragen, wollte diese Entscheidung, was er erfahren sollte, dem Sportlichen allein überlassen. Der, so schien es, hatte ja bei personellen Themen anscheinend den richtigen Riecher.

„Aber trotzdem", Rotiner hob seine Hand, „ich habe mit meiner Nachbarin vereinbart, dass ich bei ihr eine Sicherheitsleine verlegen darf. Unsere Toiletten liegen doch direkt nebeneinander. Wenn ich ein Loch in die Toilettenwand mache und dort einen Stock durchschiebe, dann könnte man den als Warnstock benutzen. Man könnte an dem Stock etwas befestigen, was bei Betätigung einen Höllenlärm macht, somit den Nachbarn oder die Nachbarin warnt."

„Gute Idee", meinte da der Sportliche, „da hätte ich früher draufkommen sollen. Ich glaub nämlich, die Dame steht bei gewissen Leuten ganz oben auf der Entführungsliste. Wenn diese Person weg ist, dann kann doch dieses Double ohne Probleme installiert werden, direkt vor unserer Nase! Dass ich nicht darauf gekommen bin! Aber es ist noch nicht zu spät. Besser heut als morgen! Wie willst du das machen? Ach ja, der Emissiac auf der Toilette lässt sich abschalten, zumindest teilweise. Und dann?"

„Naja", meinte Rotiner, „ich dachte, man könnte zum Beispiel eine größere Waschschüssel daran hängen. Wenn die Stange betätigt wird, dann fällt die Waschschüssel runter auf den Boden und das gibt einen Riesenlärm!"

Gleich kam der Einwand von dem Sportlichen: „Ach, wer hat denn heute noch so eine Waschschüssel? Und wenn, sind die meisten Schüsseln doch aus Kunststoff, scheppern also nicht mehr so schön laut!"

„Jaa", erwiderte Rotiner, „man könnte da ja auch einen Kochtopfdeckel drüber hängen, die machen auch viel Krach!"

„Gute Idee! Komm, wir schauen mal schnell in deine Toilette, vielleicht können wir gleich schon damit anfangen."

Die beiden gingen in den kleinen Raum, Rotiner schaltete die Sichtaufnahme des Emissiacs, der dort eingebaut war, aus, sodass nur noch die, wie er es nannte, ‚Lauschfunktion' funktionierte. Dann schauten sie sich die Wand an. Teilweise war die gefliest, nur unter dem Waschbecken war ein Stück Wand frei, anscheinend war früher der Ablauf des Waschbeckens an dieser Stelle gewesen. Rotiner maß mit seinen Armen und Händen den Abstand zur Tür, notierte sich im Geist die Zahlen. Er wusste, dass seine Fingerspannweite 23 Zentimeter betrug und sein Arm 45 Zentimeter lang war. So konnte er ziemlich genau die Stelle vermessen. Danach verließen sie wieder den Raum.

„Und jetzt auf zu deiner Nachbarin, bei der ist vielleicht die gleiche Stelle frei!"

Auch der Sportliche wollte mit, aber Rotiner winkte ab. „Lass meine Nichte nicht so allein!", meinte er. „Außerdem willst du doch nicht von dem Emissiac im Hausflur aufgenommen werden. Es reicht, wenn ich allein da rüber gehe!" Er nahm eine Tasse aus seinem Küchenregal und klopfte dann bei seiner Nachbarin an.

Nach einem Augenblick machte sie auf, schaute ihn verwundert an. Rotiner machte eine verstohlene Geste, dann fragte er mit ganz normaler Stimme: „Ach bitte, haben Sie eine Tasse Milch übrig, ich habe gerade Gäste und …"

Die Nachbarin riss die Augen auf, bat ihn aber herein. Während sie ihre Kühlbox öffnete, sagte Rotiner zu ihr: „Ach bitte, könnte ich mal Ihr Bad benutzen?", und auf ihr Nicken hin öffnete er ihre Toilettentür und auf ein Weiteres: „Entschuldigung, ich schalt mal gerade Ihren Emissiac aus!", brachte er auch ihr Gerät in den „Lauschzustand"! Er schaute unter ihrem Waschbecken nach und – Hurra! – auch dort war ein heller Fleck, der nicht gefliest war. Gleich maß er auch hier die Abstände. Prima, genau das gleiche! Auch hier war irgendwann der Ablauf versetzt worden, war der kreisrunde Fleck in den Fliesen an der gleichen Stelle wie bei ihm. Danach ging er wieder in ihre Küche, holte sich dort, mit einem Augenzwinkern natürlich, seine volle Tasse Milch ab und verabschiedete sich von ihr.

Zurück in seiner Wohnung bot er die Tasse seiner Nichte an, die diese auch brav entgegennahm und die Milch nach und nach trank. Rotiner besprach unterdessen das weitere Vorgehen mit ihrem Freund und erreichte, dass sich dieser trotz der späten Uhrzeit nochmals auf den Weg machte, um eine Bohrmaschine und zugehöriges Material zu besorgen. Der Sportliche wies sie aber darauf hin, dass sie während seiner Abwesenheit vorsichtig sein sollten, möglichst nur Unverfängliches von sich zu geben hätten. „Aha", dachte Rotiner, „also hat er ein Gerät bei sich, das das Programm beeinflusst."

Während der Wartezeit unterhielt er sich mit seiner Nichte über ihre Arbeit, über ihre Verwaltungstätigkeit, über ihre Kollegen und über ihr allgemeines Befinden.

Es dauerte nur eine halbe Stunde, da traf auch ihr Freund wieder ein, schleppte eine schwere Werkzeugtasche mit sich. Rotiner ging daraufhin kurz zu seiner

Nachbarin und kündigte seine Bohrung in der Toilette an. Irgendwelche technischen Probleme, so sagte er, wären zu beheben und es würde auch nicht lange dauern. Er wies sie aber darauf hin, dass es auch bei ihr ein Loch unter dem Waschbecken geben würde. Wieder in seiner Wohnung zurück verschwanden Rotiner und der Sportliche in der Toilette, bald hörte man das durchdringende Hämmern und Quietschen der Bohrmaschine. Die Wände zwischen den beiden Wohnungen waren nicht sehr massiv, schon bald war ein durchgehendes Loch vorhanden, worauf Rotiner wieder zu seiner Nachbarin ging. Diese lud er in seine Wohnung ein, deutete an, er hätte ihr etwas mitzuteilen.

So trafen sich jetzt vier Leute in seiner kleinen Küche, seine Nachbarin, seine Nichte, der Sportliche und er selbst. Er stellte der Nachbarin seine Nichte und deren Freund vor, erklärte er ihr seine Befürchtungen wegen einer möglichen Entführung, stellte die Gegenmaßnahmen in Form eines Loches und einer dort durchgesteckten Stange vor, an deren Ende ein laut scheppernder Topfdeckel aufgehängt werden sollte. Erstaunlicherweise blieb sie ganz ruhig, hörte sich seine Erklärungen kommentarlos an, nur ihre Augen blitzten auf, als er die Möglichkeit einer Entführung andeutete.

Als er seine Ausführungen beendet hatte, kam die erste Frage. „Wie sicher bist du, wie sicher bin ich? Mit oder ohne Topfdeckel, das ist mir egal. Wie sicher bist du, dass du mir helfen kannst?" Rotiner zögerte mit seiner Antwort, dann aber sprach er seine Ideen laut aus: „Sicherheit, absolute Sicherheit gibt es im Leben nur ganz selten, aber ich meine, hierdurch ein bisschen mehr Sicherheit zu bekommen, das wäre doch gut. Die Sicherheit, auch morgen noch die gleiche Nachbarin zu haben, bei der ich mir etwas Milch ausleihen kann. Die Sicherheit, mit einem Menschen zu reden anstatt mit einer Maschine, mir die Ideen eines Menschen anzuhören, anstatt den Ideen des Programms zu lauschen, das angeblich die Mehrheit aller Menschen vertritt. Ganz sicher bin ich nicht so stark wie ein Roboter. Wenn ich gegen so eine Maschine kämpfen müsste, da hätte ich ohne Hilfsmittel keine Chance. Aber allein, dass ich da bin, stärkt unsere Sicherheit!

Einem Roboter muss es ja einprogrammiert werden, gegen die Robotergesetze zu verstoßen. Und das erste Gesetz lautet immer noch: ‚Du darfst keinem Menschen etwas zuleide tun oder zulassen, das einem Menschen etwas angetan wird!' Wenn also ein, nein, zwei Menschen um Hilfe schreien, dann sind ruck, zuck, gleich mehrere Roboter in der Nähe, die diesen Menschen helfen wollen. Ich glaube nicht, dass diese Roboter solche Hilferufe ignorieren können. Mag sein, dass ein, zwei Robotern eingegeben werden könnte, dieses Robotergesetz zu ignorieren, aber nicht der großen Masse! Wenn also irgendeiner von uns überwältigt oder gegen seinen Willen entführt würde, dann müsste er oder sie sich nur deutlich bemerkbar machen und schon wäre Hilfe da."

Seine Nachbarin schaute immer noch skeptisch drein und meinte: „Ich habe mir das noch nicht so genau überlegt, aber wieso kommt keiner den Menschen zur Hilfe, die von irgendwelchen Robotern abgeführt und zu einem Erziehungshaus gebracht werden? Die schreien doch auch um Hilfe, aber denen hilft keiner!"

Nach einem kurzen Augenblick antwortete Rotiner: „Ich denke, da diese Roboter im Auftrag des Programms arbeiten, und alle anderen Roboter auch an das Programm angeschlossen sind, wissen auch diese anderen Roboter, dass das, was mit diesen Menschen gemacht wird, ordnungsgemäß, also zu Recht gemacht wird. Deshalb greifen sie nicht ein.

Ich gebe ja zu, dass auch dieses Handeln fragwürdig sein kann. Aber ein Roboter kann nicht aus sich heraus fragen, er kann nur Befehle ausführen. Befehle, die das Programm ihm gibt. Wenn sich das Programm als Ganzes nicht mehr an die Robotergesetze hält, dann … Gnade uns Gott!!!"

Jetzt schaltete sich auch der Sportliche in das Gespräch ein. „Wir glauben, dass ein, höchstens zwei Roboter so behandelt werden können, dass sie bei einem, wohlgemerkt möglichen, Entführungsfall eingesetzt werden können. Wenn also andere Roboter auf solch eine Situation aufmerksam gemacht werden, dann entsteht eine neue Situation, Roboter gegen Roboter, ich weiß nicht, wie so etwas ausgeht. Das ist mal ganz was Neues!"

„Und wenn so etwas passiert", schaltete sich Rotiners Nichte ein, „dann ist dies gerade etwas, was der Betreffende, der diese Roboter steuert, ganz bestimmt vermeiden will, Öffentlichkeit!"

Rotiners Nachbarin nickte: „Ja, das verstehe ich. Ich bin nur nicht ganz sicher, ob diese, sagen wir mal, Sicherheitsschaltung auch tatsächlich wirkt. So wirkt, wie ihr euch das vorstellt. Ich kann da nur das Beste hoffen! Nun gut, mal sehen, was draus wird. Ach, wisst ihr schon etwas mehr über meine Doppelgängerin? Hat sie sich nochmals gezeigt?"

„Nein, gezeigt hat sie sich nicht mehr. Aber wir bekommen noch raus, wo sie ist und wofür sie da ist!" Rotiner nickte und mit einem Blick zu dem Sportlichen fuhr er fort: „Ich komme nachher noch zu Ihnen rüber und verputze das Loch unter Ihrem Waschbecken. Wundern Sie sich aber nicht, wenn da plötzlich eine Stange rausguckt. Das ist die Sicherheitsstange! Wenn Ihnen irgendetwas seltsam vorkommt, dann gehen Sie ins Bad und drücken gegen die Stange, dann komme ich!" Nach ein paar Minuten, in denen sie sich über die möglichen Beweggründe für die Person, die ihre Doppelgängerin erzeugt hatte, unterhalten hatten, kehrte die Nachbarin wieder in ihre Wohnung zurück. Vorher aber gab sie noch ihrer Verwunderung Ausdruck, dass sie sich trotz des Emissiacs so unbefangen, so frei äußerten. So etwas sei sie nicht gewohnt, vermutete einen Trick oder einen technischen Defekt an den Emissiac. Dann ging sie und auch seine Nichte und ihr Freund verabschiedeten sich, bevor sich Rotiner aufmachte, um Spachtel und Gips zu holen.

Nachdem er seine Sachen zusammengesucht hatte, klingelte er wieder bei seiner Nachbarin, verputzte das Loch unter ihrem Waschbecken und säuberte anschließend ihr Badezimmer. Auch das Loch unter seinem Waschbecken kam noch dran. Er steckte vorläufig einen Besenstiel durch und hängte eine Schüssel an den Besen. In dieser Nacht ließ er die Tür zu seinem Bad etwas offen. Als er am nächsten Morgen erwachte, war eine seiner ersten Tätigkeiten, sich bei seiner Nachbarin über deren Wohlergehen zu erkundigen. Im Laufe des Tages kam es allerdings auch zu einem Fehlalarm. Wie er im Nachhinein erfuhr, war sie gegen diesen „Warnstock" gestoßen, so dass die Schüssel mit recht lautem Scheppern in seinem Bad vom Besen herunterfiel. Aber, so erklärte er ihr mit einem Lachen, das sei ja auch eine gelungene Generalprobe für einen möglichen Ernstfall. Auch an diesem Abend trafen sich die vier Personen, er, seine Nichte, deren Freund und seine Nachbarin in seiner Wohnung. Es wurde dort zwar ziemlich eng, er musste sich auf eine Ecke seines Küchenschrankes setzen, denn so viele Sitzgelegenheiten hatte er nicht. Aber es wurde trotzdem ein lustiger Abend und er genoss ihn sehr!

Am nächsten Morgen schepperte es laut in Rotiners kleinem Bad. Er griff sich seinen Gehstock, stürzte zur Tür und klingelte Sturm an der Wohnungstür seiner Nachbarin. Dabei konnte er deutlich hören, dass sie sich gegen irgendjemanden wehrte, dabei laut seinen Namen rief. Auf seine lautstarke Frage: „Was ist denn los?", ging die Tür auf. Ein Roboter stand da, nach einer Schrecksekunde reagierte Rotiner, wollte er sich in die Wohnung drängen. Doch der Robot versperrte ihm den Weg, ließ ihn nicht in die Wohnung hinein.

Rotiner bezwang sich, er musste seinen Drang, den Gehstock zu verwenden, diesen Robot außer Gefecht zu setzen und in die Wohnung zu stürzen, niederkämpfen. Gegen diesen Robot konnte er nichts ausrichten, der konnte schneller reagieren als er selbst. Da kam auch schon seine Nachbarin, wurde von einem zweiten Robot, der sie mit stählernem Griff am Arm gepackt hielt, herausgeführt. Dabei schnarrte dieser: „Geben Sie den Weg frei. Diese Frau wird zur Identprüfung in das Erziehungshaus gebracht!" Seine Nachbarin schrie dazwischen: „Roti, hilf mir! Die wollen mich wegbringen! So hilf mir doch!"

Rotiners Gedanken rasten. Aber dann erinnerte er sich an die Worte seiner Nichte: ‚Die müssen unbedingt die Öffentlichkeit vermeiden!' Außerdem, so schoss es ihm in den Sinn, sowohl der Emissiac in ihrer Wohnung als auch der Emissiac hier im Treppenhaus, die nahmen doch alles auf!

Ja, das hier sah nicht so richtig nach einem Entführungsversuch aus, vielleicht stimmte es ja, was der Robot gerade sagte. Deshalb schüttelte er den Kopf und unterbrach sie: „Es wird alles gut. Jetzt weiß ich Bescheid und ich denke, du bist bald wieder zurück. Wehr dich nicht, ich komme hinter euch her!" Während die zwei Robots mit seiner widerstrebenden Nachbarin die Treppe hintergingen, eilte Rotiner zurück in seine Wohnung, zog sich um und eilte wie von Furien gejagt zum Erziehungshaus. Dort angekommen ging er direkt zum Empfang, drängte sich an zwei ratlos wirkenden Frauen vorbei, die vor ihm standen, und herrschte den dortigen Robot an, er wolle sofort seine Nachbarin sprechen.

Der Robot starrte ihn erst wortlos an, dann holte er einen Voci, einen Vocenator, heraus. Während dieses Gerät auf ihn gerichtet wurde, zuckte Rotiner zusammen. „Denk an deinen 15. Geburtstag! Schnell! Was hast du damals erlebt?!!" Seine grauen Zellen waren noch nicht eingerostet, sie reagierten immer noch so schnell wie früher. Augenblicklich wurde er ruhiger, ein „Entschuldigung!" kam von seinen Lippen. „Entschuldigung!" Innerlich musste er lachen, er entschuldigte sich bei einem gefühllosen Robot! Kein Wunder, dass nach ein paar Sekunden und einem Blick auf die Skala dieser das Gerät wieder wegsteckte. „Wen wollen Sie sprechen?", fragte der Robot zurück, Rotiner antwortete gelassen und ruhig.

Der Empfangsrobot gab die Anfrage in seine Tastatur ein, nach einer kurzen Wartezeit kam die Information: „Zurzeit ist diese Dame nicht zu sprechen, versuchen Sie es in einer Viertelstunde wieder!" Rotiner musste also warten, etwas, was er gar nicht mochte.

Er ging zu einer Gruppe Stühle, die in einer Ecke standen, wo schon einige andere Personen saßen. Dort setzte er sich, schaute sich um, registrierte den Emissiac in der Ecke und wartete. Eine Stimme drang an sein Ohr, er drehte sich um, sah, dass ein älterer Mann über sein Armgerät mit irgendjemandem sprach. In diesem Moment bedauerte Rotiner, dass er nicht vernetzt war, keine Nachricht an seine Nichte abgeben konnte, nur über den Emissiac zu erreichen war, worauf er beschloss, sich in Zukunft etwas mehr für diese modernen Geräte zu interessieren. Bestimmt konnten ihm seine Nichte und ihr Freund dabei helfen.

Er war noch beim Abwägen der Vor- und Nachteile, als er einen Blick des Empfangsrobots auffing. Dieser nickte ihm zu und deutete dann auf einen Nebeneingang.

Rotiner schaute dorthin und erkannte eine Frauengestalt, die, begleitet von einem Roboter, auf den Eingangsbereich zusteuerte. Er erhob sich, schaute dieser Gestalt ins Gesicht, versuchte zu erkennen, ob dies wirklich seine Nachbarin war oder nur ihre Doppelgängerin. Aus dieser Entfernung war es schwierig, so etwas genau zu erkennen. Doch sie kam näher und jetzt erkannte er den verstörten Gesichtsausruck, sah ihre Hände, die sich ruckartig zusammenkrampften und dann wieder lösten. Ja, dies war seine echte Nachbarin! Irgendwie setzten sich seine Beine wie von selbst in Bewegung und er eilte ihr entgegen. Ihre Augen richteten sich auf ihn, mit einem „Roti, Roti, du bist's!" stürzte sie vor und er fühlte sich plötzlich umklammert. Auch er legte seine Arme um sie, stellte erschüttert fest, wie erleichtert er doch war, sie wohlbehalten wiederzusehen.

Auf dem Weg nach draußen schilderte sie ihm ihre Erlebnisse, ließ ihn aber auch an ihren Ängsten teilhaben. Wie verloren sie sich fühlte, als die beiden Roboter sie aus ihrer Wohnung schleppten! Und was sie für Ängste ausstand, als sie im Erziehungshaus sich vor einem Roboter ausziehen musste. Weshalb, naja, sie hätte da ein Muttermal an einer recht intimen Stelle, dieses hatte der Roboter ganz genau vermessen wollen. Rotiner vermied es, sie nach der Stelle zu fragen, und schilderte ihr stattdessen seine Überlegungen zu dieser Überprüfung ihrer Identität.

Er sei, so sagte er, der Überzeugung, dass auch im Programm schon festgestellt worden sei, dass zwei unterschiedliche Figuren das gleiche Profil besäßen, in der gleichen Wohnung lebten und sich auch sonst, bis auf ihre innere Einstellung, sehr genau glichen.

Vielleicht, so sein Gedankengang, gäbe es ja auch in der Führungsriege des Programms, und eine Führungsriege musste es seiner Meinung nach auf jeden Fall geben, einen Machtkampf! Er könne es sich vorstellen, dass es auch dort Richtungsstreitigkeiten gäbe, der eine möchte mehr Ordnung, mehr Uniformität, leichtere Berechenbarkeit, ein anderer mehr Freiheit, weniger Uniformität, aber auch mehr Kreativität! Dabei wäre sie, aus welchen Gründen auch immer, zwischen die Fronten geraten.

Als sie an ihrem Haus ankamen, hatte er sie schon einigermaßen beruhigen können und sie bekam noch mehr Sicherheit, als er einen Robot entdeckte, der gegenüber ihrem Haus stand und augenscheinlich auf sie wartete. Rotiner zeigte ihn ihr und meinte, dies sei ja wohl ein positives Zeichen, man kümmere sich um sie.

In vier Tagen war das große Verbeugen angesagt und in der Zwischenzeit geschah: nichts! Seine Nachbarin, seine

Nichte und deren Freund, aber auch er, alle standen unter Hochspannung, rechneten jederzeit mit, ja, mit was wohl? Aber die Tage vergingen, außer der erwarteten Einladung zu dem öffentlichen Treffen mit Verbeugen im Erziehungshaus und einem weiteren blinden Alarm passierte nichts Außergewöhnliches. Auch der Sportliche berichtete bei ihren täglichen abendlichen Treffen, dass sich das Duplikat nicht von der Stelle rühre. Vielleicht war dies das Auffälligste an dieser Gestalt. Obwohl, am Tag vor dem großen Verbeugen kam er ziemlich aufgeregt zum Treffen und berichtete, dass sie (wer auch immer ‚sie' waren) erstmals direkten Kontakt zu dem Duplikat aufgenommen hatten und sie dazu gebracht hatten, sich einmal um sich selbst zu drehen. Ein Durchbruch, wie er freudestrahlend erklärte.

Dann brach der Tag des großen Verbeugens an. Rotiner und seine Nachbarin machten sich schon frühzeitig bereit, gingen zusammen auf Umwegen zum Erziehungshaus, trafen dort auf Rotiners Nichte. Diese erzählte ihnen, dass ihr Freund zusammen mit seinen Kollegen (nicht mit allen, wie sie betonte) an dem großen Verbeugen teilnehmen werde. So gingen sie denn in den schon gut gefüllten Versammlungssaal, versuchten aber, zusammen zu bleiben. Gemeinsam suchten sie den Saal ab, suchten das Duplikat. Aber bis zu dem Zeitpunkt war dieses Ding nicht zu entdecken.

Plötzlich entstand eine Bewegung am Eingang. Zwei Mechanos rissen die Eingangstür auf und eine Gruppe Leute kam in den Raum. „Oh, schau mal", raunte die Nachbarin Rotiner zu, „sogar der Regionalvertreter des Programms lässt sich diesmal blicken!"

„Du kennst den?", fragte Rotiner erstaunt zurück. „Ach, ich hatte bei meiner Arbeit von Zeit zu Zeit mit ihm zu tun. Eigentlich ist er o. k., nur hat er einen Tick! Mindestens zwei Mechanos als Leibwächter müssen ihn begleiten, sonst fühlt er sich nicht wohl! Aber ich glaube, das macht er eher aus Repräsentationsgründen!"

Rotiner riss erstaunt die Augen auf. Bisher hatte er sich keine so tiefschürfenden Gedanken über seine Nachbarin gemacht. Er hatte sie als, nun ja, Anhängsel seines Nachbarn betrachtet. Ja, sie war früher so wie er morgens zur Arbeit gegangen, aber er hatte sich nie Gedanken über ihre Tätigkeit gemacht. Und nun, er musste grinsen, stellte sich heraus, dass die Dame anscheinend in höheren Gefilden gearbeitet hatte, als er es sich vorstellen konnte.

Aber noch bevor er sie fragen konnte, welcher Art ihre beruflichen Verbindungen gewesen waren, entdeckte er das Duplikat. Begleitet von zwei Robotern, die auch noch Knüppel bei sich hatten, war sie direkt hinter dem Regionalvertreter in den Saal gekommen. Fast hätte er diese Gestalt übersehen, aber diese Bewaffneten waren anscheinend den Leibwächtern des Regionalvertreters suspekt, diese drehten sich immer wieder nach ihnen um, einer hielt sich sogar das Handgelenk vor seinen Kopf, machte vermutlich irgendjemandem Meldung.

Das Duplikat hingegen war anscheinend damit beschäftigt, den Saal abzusuchen, um vermutlich seine Nachbarin ausfindig zu machen. Hatte sie etwas vor? Wollten sie hier vor allen Leuten seine Nachbarin entführen?

Er überlegte kurz. Ja, wenn sie sich auf Verstöße gegen irgendeine Vorschrift berufen würden, dann könnten sie schon seine Nachbarin in eine Zwickmühle bringen, sie abführen und verschwinden lassen.

So drehte er sich zu seiner Nachbarin um, wollte sie warnen, wollte sich mit ihr unter die Leute mischen, aber die war nicht mehr an ihrem Platz. Verflixt, die steuerte ja direkt auf ihr Duplikat zu! Wollte sie die Sache gleich an Ort und Stelle hinter sich bringen und das Duplikat hier stellen? Er wollte sie noch warnen, aber was war denn das? Die hielt ja vier, fünf Meter vor dem Duplikat inne, sprach den Regionalvertreter an, der direkt vor dem Duplikat ging. Und wie freundlich sich die beiden unterhielten! Das war ja nicht zu fassen, die unterhielten sich wie zwei langjährig Vertraute!

Doch plötzlich zuckte er zusammen. Die zwei bewaffneten Roboter, die zusammen mit dem Duplikat gekommen waren, waren vorgetreten, standen jetzt links und rechts von seiner Nachbarin, hatten sie in die Mitte genommen, hielten sie jetzt sogar an ihren Armen fest. Einer dieser Robots redete auf den Regionalvertreter ein, der mit versteinertem Gesicht zuhörte. Seine Nachbarin versuchte immer wieder, sich aus dem Griff dieser Robots zu befreien, inzwischen konnte er auch ihre Stimme aus dem allgemeinen Geplapper heraushören. „Hilf mir, George, die wollen mich wegschaffen, die wollen stattdessen dieses Duplikat! Bitte, hilf mir!"

Ihre Stimme hatte einen panischen Unterton, sie hatte begriffen, was geschehen sollte. Der Regionalvertreter schaute in die Richtung, in die sie mit ihrem Kopf gedeutet hatte, erblickte ihr Duplikat. Nur einen Augenblick zögerte er, dann gab er einen kurzen lauten Befehl an seine Leibwächter. Diese gingen sofort in Verteidigungsstellung, aber auch die Robots reagierten und schon sausten die Knüppel durch die Luft, nach wenigen Sekunden krachten die Leibwächter schwer beschädigt zu Boden. Aber der Ruf hatte auch andere Roboter alarmiert und so strömten fünf, zehn weitere Roboter auf die Stelle zu, wo die beiden jetzt die Nachbarin in Richtung Ausgang zerrten. Schon waren die ersten Roboter heran, wurden mit schweren Hieben empfangen. Aber immer mehr Roboter kamen hinzu, behinderten allein durch ihre Anwesenheit die beiden. Die beiden Mechanos, aber ... wo war das Duplikat?

Rotiner versuchte, einen Blick auf die Kopie zu erhaschen. Wo war sie? An ihrem Platz hinter dem Regionalvertreter war sie nicht mehr. In dem Roboter- und Menschenknäuel rund um die zwei Robots mit seiner Nachbarin, nein, auch da war sie nicht. Auch in dem Menschenauflauf, der von Panik erfasst in Richtung Haupteingang strömte, keine Spur. Gab es noch einen anderen Ausgang?

Ja! Da, kurz vor einer weiteren Tür, da drängte sie sich durch die dort noch verharrenden Personen, jedoch hatte sie wegen ihrer groben Art die Aufmerksamkeit von einem weiteren Robot auf sich gezogen. Dieser wollte sie aufhalten, wurde aber von ihr gestoppt. Sie sprach auf ihn ein, es dauerte nur einen Augenblick, aber er hielt inne, holte sich vermutlich neue Instruktionen vom Programm.

Rotiner hatte sich fast automatisch in Bewegung gesetzt, als er sie gesehen hatte. Mit großen Schritten, aber immer wieder gebremst von Robots, die sich in das Getümmel stürzten, stürmte er auf diesen Gynoiden zu. Zwar flogen ihm sogar Bruchstücke vom Kampf Roboter gegen Roboter um die Ohren, aber er war so auf diesen Punkt allen Übels fixiert, dass er kaum etwas davon merkte. Dieses Miststück durfte nicht entkommen!

Das Duplikat aber nutzte den Moment, in dem sich der Aufsichtsrobot vom Programm neue Informationen holte, umrundete ihn und eilte auf die Tür zu, hatte sie fast schon erreicht.

Doch jetzt kam sie in Rotiners Reichweite.

Ach, wie gut, dass Rotiner auch dieses Mal seinen Regenschirm dabei hatte.

Peng! Kracks!

An ihrer Achillesferse getroffen, blieb die Kopie erst stehen, sackte dann auf der einen Seite ab, verlor das Gleichgewicht und donnerte zu Boden. Rotiner schaute prüfend nach unten, hob danach den Blick. Der ihm gegenüber stehende Roboter schaute ihn an, schaute danach hinunter auf den schweren Griff, der unten an seinem Regenschirm befestigt war, der noch Spuren des Schlags zeigte.

„Sie haben einen Roboter beschädigt. Bitte bleiben Sie hier, in Kürze wird ein weiterer Roboter erscheinen, um den Vorfall aufzunehmen."

Rotiner schaute sich um, blickte auf ein Chaos. Der Kampf hatte aufgehört. Überall lagen defekte Roboter oder Teile von ihnen umher. Nur noch wenige Personen waren im Raum, die meisten waren bei dem Kampf der Roboter geflüchtet, hatten sich in Sicherheit gebracht. Vor dem Eingang standen der Regionalvertreter und seine Nachbarin. Sie unterhielten sich intensiv mit drei weiteren Personen. Zwei weitere Personen, anscheinend Offiziere der Security, standen inmitten der Roboterteile, gaben Befehle an die Robots aus. Andere Robots waren erschienen, brachten zwei kleine Wagen mit. Auf die luden jetzt die noch intakten Roboter ihre defekten oder deformierten Kollegen oder deren Teile. Rotiner war erstaunt über diesen großen Haufen Schrott, den das Duplikat und seine zwei Roboter angerichtet hatten. Das war eine regelrechte Schlacht gewesen! Es dauerte nicht lange, da trat ein anderer Roboter auf ihn zu und Rotiner musste diesem seine Version der Vorgänge schildern. Er wies dabei besonders auf den Verdacht der Steuerung des Duplikats durch das Programm hin und betonte die Wichtigkeit der Erkenntnis, wer für diese Steuerung verantwortlich sei. Der Roboter nahm seine Schilderung auf und auch seine Aufforderung zur Suche nach den Verantwortlichen, gab aber nur die Information, Entsprechendes werde dem zuständigen Vertrauenskörper mitgeteilt. Danach war Rotiner frei, er ging mit langsamen Schritten auf die Gruppe vor dem Eingang zu.

Noch war er einige Schritte von seiner Nachbarin und dem Regionalvertreter entfernt, da drehte sich seine Nachbarin zu ihm um, lächelte ihn an. „Komm", sagte sie, „ich muss dich meinem früheren Chef vorstellen. Das ist George und dies hier ist mein Nachbar!" Rotiner verbeugte sich, schüttelte die ihm entgegengestreckte Hand, die erstaunlich kräftig zugriff.

„Sie sind also der Mann, der Roboter so leicht außer Gefecht setzen kann. Meinen Glückwunsch!", lachte der Regionalvertreter, bemerkte weiter: „Ich glaube, so ein Regenschirm wäre auch für mich nützlich!"

Danach sprachen sie über die Möglichkeiten, über das Duplikat diejenigen im Hintergrund aufzuspüren, die für diese Ereignisse verantwortlich waren. Rotiner war da etwas skeptisch, er stellte sich einen oder mehrere Unbekannte vor, die bestimmt über ihre Roboter oder über das Duplikat von dem misslungenen Anschlag informiert worden waren. Die würden sofort alles unternehmen, dass nicht zurückverfolgt werden konnte, von wem die Anweisungen gekommen waren. Er sollte Recht behalten. Währenddessen ging das Aufräumen zügig weiter, sogar auf drei Wägelchen wurden jetzt die letzten Trümmer aufgeladen und schnell aus dem Saal gebracht.

Plötzlich ertönte ein tiefes „Gooong", anscheinend die Ankündigung für den Beginn der Verneigungszeremonie. Die Leute strömten wieder zurück in den Saal, schauten sich um, waren erstaunt, kaum noch Spuren des Kampfes zwischen den Robotern zu entdecken. Nur noch zwei Mechanos kehrten die allerletzten Reste zusammen. Und dann leuchtete die gesamte Stirnwand des Saales auf, die leuchtende Sonne, das Markenzeichen des Programms, erschien.

Die ganze Prozedur des großen Verbeugens dauerte nur wenig mehr als fünf Minuten, aber anschließend hielten nicht nur der Regionalvertreter, sondern auch noch zwei weitere wichtige Personen ihre Rede, erinnerten an die vielfältigen Vorteile, die durch die Einführung des Programms der gesamten Menschheit zugutegekommen waren. Nur der Regionalvertreter kam kurz auf den Vorfall zu sprechen. Dies sei ein Versuch gewesen, nicht nur diese Zeremonie zu stören, sondern auch durch einen kriminellen Eingriff in die Robotersteuerung das Programm zu diskreditieren und er verurteile diesen Versuch aufs Schärfste. Weltweit würde dieser Anschlag mit Empörung aufgenommen werden, dass er alle notwendigen Maßnahmen einleiten würde, um dieses Vorkommnis vollständig aufzuklären.

Nach fast eineinhalb Stunden war schließlich das Ende erreicht, die Menge strömte zum Ausgang hin. Rotiner fasste gerade den Arm seiner Nachbarin, da wurde er brutal zurückgerissen. Ein Roboter, der anscheinend hinter ihnen gegangen war, hatte ihn am Arm gepackt.

Seine Nachbarin drehte sich um, starrte ganz verdutzt auf den Automaten. „Halt, wer sind Sie? Lassen Sie die Dame los!", tönte es laut aus dessen Schallorgan. Rotiner hatte zwar einen empörten Schrei losgelassen, aber dann hörte auch er dem Roboter zu, der seiner Nachbarin eine Erklärung für sein Verhalten gab.

„Sehr geehrte Dame, dieser Mensch hat soeben versucht, Hand an Sie zu legen. Ich bin zu Ihrer Bewachung abgeordnet und muss jetzt diesen ..." „Oh, halt!" Seine Nachbarin verzog ihr Gesicht und ein lautes Lachen ertönte, „Nein, dies war kein Entführungsversuch, sondern ein erwünschter Kontakt. Von diesem Menschen droht mir keine Gefahr!"

Sie hatte sehr bestimmt zu dem Roboter gesprochen, worauf der auch sofort den Arm von Rotiner losließ und ein „Jawohl, meine Dame!" schnarrte.

Daraufhin schaute sie erst den Roboter, dann Rotiner an. „Dieser Mann ist für Sie tabu!"

Damit drehte sie sich um und hängte sich bei Rotiner ein. Ihr Gesicht verzog sich zu einem Grinsen: „Ha, ha, du hättest soeben mal dein Gesicht sehen sollen! Warst du sehr erschrocken?"

„Naja", Rotiner musste sich erst mal sammeln, „das war etwas überraschend für mich!"

Er überlegte noch kurz: „War das jetzt ein Geschenk von dem Regionalvertreter?"

„Ja, ich denke schon, sowas macht George recht gern. Er liebt Überraschungen! Bei anderen Personen!"

So machten sie sich recht entspannt auf den Heimweg, zu dritt, denn der Sicherheitsroboter lief mit ein paar Schritten Abstand hinter ihnen her. Dabei unterhielten sie sich über den Vorfall, stellten Theorien auf, verwarfen sie wieder. Nur auf einem beharrte seine Nachbarin: George würde wirklich alles Mögliche tun, um die Urheber festzunageln. Denn sie war überzeugt, dass dieser Anschlag im Grunde auf ihn abgezielt hatte, denn sie war ja jahrelang seine Sekretärin gewesen. Rotiner ließ sich dies durch den Kopf gehen. Ja, da könnte etwas Wahres dran sein.

Seine nächste Frage konnte seine Nachbarin aber nicht exakt beantworten. „Wer seine jetzige Sekretärin ist, willst du wissen? Keine Ahnung, meine Nachfolgerin ist vor einem halben Jahr weggegangen und die jetzige, die kenne ich nicht!" Rotiner nickte nachdenklich. Ja, da gab es Möglichkeiten. „Bitte, ruf mal deinen George an und frag ihn, ob seine Sekretärin da ist. Sag ihm aber, sie sollte dies nicht mitbekommen, diese Nachfrage!" Seine Nachbarin schaute ihn erst verwundert, dann überrascht an. „Du glaubst, dass … einen Augenblick!" Und schon hatte sie den Repräsentanten angerufen.

Es dauerte einen, zwei, nein, mehrere Augenblicke, dann meldete sich George. „Ja, ich bin's! Meine Sekretärin ist mal wieder nicht auffindbar. Gibt es noch etwas Neues?" „Aha, so dachten wir uns das! Macht die Dame so etwas öfter? Und, ganz im Vertrauen, ist das überhaupt eine Dame? Oder vielleicht ein …"

„Psst, nicht weiter, wer weiß, wer alles so zuhört! Ja, meine Liebe, möglicherweise wirst du sie nicht so schnell wiedersehen. Oh, ich muss aufhören, da ist noch jemand anderes, der mich unbedingt sprechen möchte!" Das Gespräch wurde unterbrochen.

Die Nachbarin wandte ihr Gesicht Rotiner zu. „Ja, ich glaube, du liegst ganz richtig. Vielleicht war ich nicht die einzige. Da ist System dahinter! Erst die Personen, die den Repräsentanten genau kennen, also seine Frau oder Freundin, und da er keine Frau mehr hat, seine Sekretärin und dann … Aber ich glaube, auf die Idee ist er auch schon gekommen. Mööönsch, sollte das vielleicht nicht nur ihn betreffen? Das gibt jetzt aber einen richtig großen Knatsch! Was für eine Sch. entschuldige, aber vielleicht waren wir nur der kleine Klops auf dem Misthaufen!"

Sie schwieg, aber Rotiner konnte an ihrem Gesicht ablesen, dass sie in Gedanken weitere Möglichkeiten erwog. Sanft legte er ihr seine Hand auf den Arm. „Wir haben hier getan, was möglich war und können nur hoffen, dass es auch anderswo mutige, aufmerksame Menschen gibt!"

Den ganzen langen Heimweg schwieg sie, aber Rotiner wollte sie nicht in ihren Gedankengängen stören.

Erst als sie wieder vor ihren Türen standen, räusperte er sich und meinte fragend: „Wir sollten, so meine ich, doch noch unsere Warnanlage bestehen lassen, oder was meinst du?" Sie nickte geistesabwesend, erst nach ein paar Augenblicken schreckte sie aus ihren Gedanken hoch. „Was hast du gesagt? Ach ja, die Stange. Stimmt, die sollte noch ein paar Tage dort bleiben. Obwohl", sie drehte sich nach dem Roboter um, der ihnen immer noch folgte, „obwohl ich ja jetzt einen persönlichen Schutz bekommen habe!"

Sie schwieg einen Augenblick, dann fuhr sie fort: „Einerseits ist das natürlich gut für mich, aber andererseits, es waren auch Roboter, die mich angegriffen haben. Roboter! Ich hätte nie gedacht, dass Roboter …"

Sie stockte, dann kam von ihr: „Ja, ich fühle mich ein bisschen sicherer, aber so richtig vertrauen werde ich einem Roboter wohl nie mehr!" Rotiner versuchte, sie zu beruhigen: „Ja, ich kann dich verstehen. Aber wir brauchen sie nun mal, ganz ohne geht es auch nicht. Versuch dich mal dran zu gewöhnen und falls etwas Ungewöhnliches geschieht, du hast ja noch mich!" Sie drückte seinen Arm, dann ließ sie los und verschwand in ihrer Wohnung.

Am Abend trafen sich die Vier wieder in Rotiners Wohnung, besprachen die Vorgänge und erörterten die sich daraus ergebenden Konsequenzen. Rotiners Nachbarin berichtete, dass ihr früherer Arbeitgeber im Geheimen Nachforschungen angestellt habe. Er hätte ihr mitgeteilt, dass – Achtung! Streng vertraulich! – sich in mindestens drei Fällen der Verdacht erhärtet hätte, dass enge Vertraute, teilweise sogar Ehefrauen anderer Regionalvertreter gegen Androiden ausgetauscht worden wären.

Auch der Sportliche gab bekannt, dass er entsprechende Anfragen an bestimmte Kollegen geschickt hätte. Auf deren Antwort würde er noch warten, aber er bezweifelte nicht, dass auch dort Austauschaktionen vorgenommen worden waren. Zusätzlich hätte sein Kollege, der mit den guten Verbindungen zu den leitenden Managern des Programms, eine gewisse Verwirrung bei diesen Leuten feststellen können. Anscheinend hätten sich einer oder mehrere dieser hohen Herren aus der Leitung zurückgezogen, offensichtlich ohne vorherige Ankündigung, ohne einen Nachfolger vorzuschlagen oder zu benennen.

Rotiners Nichte brachte es dann auf den Punkt: „Ich glaube, da hat jemand versucht, über die Angehörigen der Regionalvertreter Einfluss und Macht zu gewinnen. Vielleicht wären später, wenn diese Aktion erfolgreich gewesen wäre, auch die Regionalvertreter ausgetauscht worden. Damit hätten bestimmte Gruppierungen direkten Einfluss auf Entscheidungen gehabt, hätten sich nicht mehr einem Gremium oder einer Mehrheitsentscheidung beugen müssen. Einen Roboter als Regionalvertreter oder sogar in der Leitungsebene des Programms und kein Mensch mehr? Vielleicht ist derjenige, der diese Aktion angestoßen hat, ja der Meinung, die Roboter seien die besseren Menschen, die unzulänglichen Menschen sollten durch Roboter ersetzt werden?

Ja, ich denke, wir Menschen sind noch mal davongekommen, dieses Mal! Was nicht heißt, dass es nicht vielleicht irgendwann weitere Versuche geben wird!"

Anhang

Die drei Gebote für Roboter (nach Isaak Asimov 1920-1992)
Auszug aus der Heyne-Anthologie: ‚9 science fiction stories', 1969 und hierbei aus der Kurzgeschichte ‚Der perfekte Roboter' von Isaac Asimov, Seite 30 + 31

1. Ein Roboter darf keinen Menschen verletzen oder tatenlos zusehen, wie ein Mensch Schaden erleidet.
2. Ein Roboter muss die Befehle ausführen, die ihm ein Mensch gibt, außer die Befehle verstoßen gegen das erste Gebot.
3. Ein Roboter muss seine eigene Existenz schützen, solange diese Maßnahme nicht gegen Gebot eins oder zwei verstößt.

Danksagung

Ich möchte allen danken, die sich um meinen Roman kümmern, besonders Frau Regina Bauer von novum publishing für den manchmal nötigen Stups sowie meinen Freunden von der Schreibwerkstatt Gedern und nicht zuletzt meiner Frau Cornelia!

EIN HERZ FÜR AUTOREN A HEART FOR AUTHORS À L'ÉCOUTE DES AUTEURS MIA KAPΔIA ΓIA ΣYΓΓΡ
HJÄRTA FÖR FÖRFATTARE UN CORAZÓN POR LOS AUTORES YAZARLARIMIZA GÖNÜL VERELIM SZ
CUORE PER AUTORI ET HJERTE FOR FORFATTERE EEN HART VOOR SCHRIJVERS TEMOS OS AUTO
HERZÖINKÉRT SERCE DLA AUTORÓW EIN HERZ FÜR AUTOREN A HEART FOR AUTHORS À L'ÉCOU
CORAÇÃO BCEЙ ДУШOЙ K ABTOPAM ETT HJÄRTA FÖR FÖRFATTARE Á LA ESCUCHA DE LOS AUTO
AUTEURS MIA KAPΔIA ΓIA ΣYΓΓΡAΦEIΣ UN CUORE PER AUTORI ET HJERTE FOR FORFATTERE EEN
YAZARLARIMIZ GÖNÜL VERELIM SZÍVÜNKET SZERZÖINKÉRT SERCE DLA AUTORÓW EIN HERZ FÜR
VOOR SCHRIJVERS TEMOS OS AUTORES NO CORAÇÃO BCEЙ ДУШOЙ K ABTOPAM ETT HJÄRTA FÖ

Der Autor

Schon früh entdeckte Heinz Albert Brühl, geboren
1947 in Hessen, seine Begeisterung für Technik.
Nach einigen Jahren im Verkehrswesen erwarb er
im Erwachsenenalter den Abschluss als Elektronik-
techniker. Seine Liebe zur Literatur erhielt er sich
neben seiner beruflichen Tätigkeit. Der Aufent-
halt in Portugal für einen internationalen Konzern
weckte sein Interesse an Science-Fiction. Seit 2010
versuchte er, seine Begeisterung für Technik in
seinen Texten spürbar zu machen. Er arbeitete an
mehreren Sammlungen von Kurzgeschichten und
Gedichten mit, tauschte sich intensiv mit Kollegen
aus, schrieb immer wieder Gedanken über das Verhältnis von Mensch und Maschine, analysierte Be-
dingungen menschlichen Daseins: Verantwortung,
Mitgefühl und der Mut, sich gegen vorherrschende
Vorurteile zur Wehr zu setzen.
Muße dafür findet er in langen Spaziergängen, wo
er auch die besten Ideen entwickelt.

Der Verlag

Wer aufhört
besser zu werden,
hat aufgehört
gut zu sein!

Basierend auf diesem Motto ist es dem novum Verlag
ein Anliegen, neue Manuskripte aufzuspüren, zu ver-
öffentlichen und deren Autoren langfristig zu fördern.
Mittlerweile gilt der 1997 gegründete und mehrfach
prämierte Verlag als Spezialist für Neuautoren in
Deutschland, Österreich und der Schweiz.

**Für jedes neue Manuskript wird innerhalb we-
niger Wochen eine kostenfreie, unverbindliche
Lektorats-Prüfung erstellt.**

Weitere Informationen zum Verlag und
seinen Büchern finden Sie im Internet unter:

w w w . n o v u m v e r l a g . c o m